每個人心中都有一座島嶼，

藉文字呼息而靜謐，

Island，我們心靈的岸。

跟我一起走

蔡逸君◎著

獻給亞君，她一直是我在路上的夥伴。

〈序〉

走得越遠　越靠近

資深調酒人　王靈安

四十七歲初體驗上班族的生活，周遭人均不看好。一個月？三個月？最多撐半年，鐵定陣亡。感謝老闆的慧眼慈心多般包容，本人水波不興地上班也快兩年了。偶爾抱怨工作，身邊芸芸眾生立刻棍棒齊飛、同聲討伐：不知人間疾苦，必遭天譴！但雖說如此，日復一日坐在忠孝復興交叉口的九樓辦公室裡，深灰色的百葉窗永遠遮著窗外的陰晴雨陽；坐在裝了輪子的椅子上，裝忙的盯著電腦螢幕。總常不自覺的大呼一口氣，盡力伸展雙臂，仰天將氣吐盡，啊——腳癢手癢心癢，一定是哪裡出了什麼問題！為什麼這張椅子這麼難坐？

前些日子跟逸君喝酒，酒當然一定是好酒，可是，逸君卻一反常態，酒倒得扭扭捏捏，喝得更是躲躲藏藏。正納悶時，他倒開口了。

「今晚不能多喝了，明天還要走路呢！」

什麼？這也能當藉口，路不是天天在走嗎？

過了一陣子，再幾次見面，陸續聽了逸君聊了他走路的想法與走路碰到的人與事，心裡便躍躍欲試，心想這真是一個出門閃躲的好藉口。向醫生開處方般，請逸君幫忙擬了一個三天兩夜將近八十公里的行程，心裡盤算，正好可利用走路的機會來一趟心靈淨化之旅，檢視自己這幾十年的荒唐任性，也規劃一下剩下無用的生命該如何消磨。

等真的戴著帽子，背上包包上路後，才發現在台灣大部分的公路上走路，絕不浪漫更不優雅；閃機車、閃汽車、閃大卡車、閃狗屎、閃高低不平的路，風景已不重要，腦袋中只能反射看到的事物，心靈未能淨化，肉體更不能昇華。上路前逸君貼心的送了一個計步器，成了路途上唯一互動的依賴，不斷告訴自己，再3000步就休息二十分鐘，兩點之前要走到10000步，走到25000步還是看不到旅館就搭客運！走！就是走！走過一個一個客運站牌，走過一個一個檳榔攤，完全無法如預期中可以藉著獨行審思前中年期的是非恩怨，也不能盤算規劃後中年期下坡時的步伐與姿勢！

第一趟旅程比預期提前三十公里結束，因為第三天起床，發現左大腿內側一處從未痛過的肌肉，只要一跨步，就痛得幾乎撐不住，只好假裝不甘的搭上客運回到家。

隔天進辦公室，走路姿勢依然歪跛，但不知怎麼倒神清氣爽，依舊是坐在有輪子的椅子上，四周同事卻個個看來怡人悅目多了！嗯！心中暗自思量，這走路，倒比去醫院拿百憂解有助益！

逸君將走路時看到、想到的寫下集結成冊，先讓我過目，看完之後頗讓我沉沉許久。走路前逸君一再交代，出門行囊一定要輕，不然會越背越重，沒想到他自己行囊雖輕，卻帶了一副沉重、敏銳的心思。也許是為了打發走路時的無助，也許是詩人血液裡無可救藥的浪漫本性，使他全然滿足的寫下一切！

「能有一個家真好，如果沒有一個想念或者放心的地方，那麼在路上就全然虛妄。」

好吧！逸君，不管你走得再遠、再苦，我都不再為你擔心，因為我已知道：

流浪是為了回家；離開是為了想她！

目錄

跟我一起走

聽說你在走路

「聽說你在走路？」最近遇到的朋友劈頭第一句話總是這樣問，我的表情一律是張著口傻笑，想知道這樣僵硬裝呆的樣子能不能讓他們多說幾句，好讓我知道他們心裡頭對「走路」這件事真正的想法。

「是旅行嗎？」「是修行嗎？」「為什麼不騎腳踏車？」「那你晚上睡哪裡？」「你一個人走嗎？」「那你走路是為了什麼？」接下來的問題各式各樣，而我根本沒有想到要如何回答這些關心我的人。真的有點難，就像去年辭掉工作，有段時間，朋友們會問：「聽說你辭職了？」或是「聽說你辭職在家專心寫作？」我同樣不知道怎麼回答。

說來，我的辭職，寫作，走路，其實是同一件事，它們具有相似的性質

——背離一般人們認可的「正常」的生活運行方式。任性地辭掉安穩的工作，看似可有可無沒有計畫的寫作，漫無目的四處遊移走路，這些都不是生活在需要高度競爭力的現代社會所允許的。隱藏、私密、緩慢，對比於表現、集體、快速，我的狀況真的可以用「呆呆」來形容。而這三樣呆事，又以走路這件最難解釋。台語的走路其中有一解，就更難堪，是跑路的意思，那裡面有被追趕被逼迫走離原來生活軌道的戲劇性轉折。然而我的走路其實沒有任何的原因與目的，純粹就只是走路而已。這樣的說法可能還是讓人摸不著頭緒，那我就試著說清楚看看。

有一天，我突然跟我太太說，我想回老家一趟。我太太說好啊，你要開車回去還是搭火車？我不假思索地回答，我想走路回去。走路？不只她心中起了一個巨大的問號，連我自己都奇怪為什麼會吐出這樣的想法。她從書桌抬起頭看著我說，你的意思不是要從台北走到彰化吧？正是這個意思，我的心底噹的一聲，賓果，我說那正是我想做的。於是我們兩個都有點傻愣了，開始轉移話題，她說她走路走最多最遠的一次是高中時參加救國團的中橫健走，我說當兵行軍不算，走最遠的一次是從台東走到花蓮。接下來我又說，我祖母在日據時代每次走路橫渡濁水溪去雲林的神風特攻隊訓練基地探視我那被皇軍徵伕的伯父一次走二十公里，我母親從中和走到榮總送飯給開刀住院的父親一天來回兩次。我們甚且談到古代讀書人進京趕考，一走三個月半年。走得最遠的玄奘，從長安一路走到天竺國取經。這麼多人都在走路，稀鬆平常，對不？所以我也可以走走看。

為什麼？挑在這個走路已經很少的年代，你不會真的想用走的走回去吧？她說。

是真的，我回答。

就這樣，我開始興致勃勃準備走路這件事。我一向覺得我肌肉的耐力與彈性雖不是特優的放山雞標準，但也絕非養在鐵籠子裡的飼料雞那般軟弱無勁，只要稍加鍛鍊應付走路應該不是大問題（事後證明我錯了，而且大錯特錯)。於是我到住家附近的學校操場練走練跑,從三公里起跳,一直到可以一次完成八公里的路程(或走或跑約七十分鐘),我的信心逐漸增強。

有一天,為了清楚長途走路的實際狀況,我便試著在台北市區走走看。我是這樣走的,坐捷運到龍山寺,走廣州街、西昌路、華西街、桂林路、西寧路、環河南路、民生西路、迪化街、涼州街、民權西路、延平北路、酒泉街、敦煌街、重慶北路、庫倫街、大龍街,轉民權西路坐捷運回來。這段路程不長,但我卻從上午十點半走到下午五點半,因為我不時流連停駐於小巷弄或街景中或被紅綠燈阻擋。隔天我的雙腳連一步也走不動,結論是花五個小時走五公里比花一個小時走五公里還累五倍。

好了,走路的原因與準備,就先說到這裡,畢竟上路才是最重要的。關於這段路程的行走,我其實不知道該怎麼敘述,不是旅行,也非旅遊,這裡沒有探險的刺激樂趣,沒有動人的風景美食;而且後來這路程不斷地延長,當走到彰化老家時,我心裡頭清楚,比起那些長年在路上的人,關於走路我還在學步的階段，於是我便決定休息後繼續再走。

會走到哪裡我還不知道，但我知道路還很長很長在前面等著，那——就跟我一起走著瞧吧。

〔**走路札記**〕

‧體能訓練斷斷續續，氣候因素，膝蓋關節舊傷，意志力不夠堅定，然而畢竟是要出發的。不管往前的路多麼艱難與未知。

‧走到福和橋下了，景美溪與新店溪交會處。在河岸所看到的城市景觀非常不一樣，兩邊都是防洪的堤，偶爾橋像從天際岔出，跨越到另一邊的天際，浮在半空中，當中車輛穿越，細小流動，遠遠的。

‧把路找出來，走出來，這不就是此行的目的？兩邊都是高高的堤防，那麼河水該往哪裡去，不就是大海嗎？

行路難

早上六點醒來，天空雲層低低陰陰的，路面潮濕，剛剛在睡夢時應該下過雨。我忖度著要不要延後一天上路？這種天氣啟程，萬一路上下起大雨，我薄弱的信心說不定就被擊垮，那關於走路這件事就變成一個笑話。幸虧知道我要去走路的人不多，一、兩個而已，我心底其實有點想打退堂鼓。

明天再上路好了，反正已經拖那麼久，再等一、兩天也慢不到哪裡去。真的是這樣嗎？我的內心不斷地追問，它其實早該上路了，卻一直被我用各種理由阻止。檢查背包裡的物品，一本書，一本空白筆記，一台數位相機，計步器，換洗的內衣褲襪子，一瓶水，一包菸，一張從公路局網站列印的地圖……從原先可以裝滿一個小型行李箱的物件中，我再三挑選，把認為必要的東西留下，最後精簡的一個背包裝滿大約三點五公斤重。

原先計畫走海岸公路，可是濱海公路拓寬後，車流量多車速也快，不利走路，於是轉而考慮沿著鐵路旁的公路走。上網看了半天，又猶豫了，因為並沒有一條公路是順著鐵道而行，需要轉省道轉縣道甚至鄉道，地圖上看來，路曲折繞彎，更加崎嶇。最後決定走大路，一條一號省道到底，麻煩最小。我心裡想過，我的家鄉在省道旁，當初就是從這條公路出走的，那麼也應該走原路回去。

是走是不走？嚴格說來不只關係著走路這件事。有多少次心裡盤繞著要如何如何的那件事，最終被習慣與各種理由推託，結果時間過去，那本書、那部電影、那個人，也不再等待我了。看著窗外城市灰色的一片，我戴上太太送我的帽子，決定出發，我不能再被太多不必要的負擔牽扯。

搭捷運到台北車站，是昨夜臨睡前想到的，應該從那裡開始走，因為我第一次到台北這座城市，就是在那裡下車的。當我換了車拐了幾個彎從地下道出來再見到天空，心裡篤定許多，背著火車站，我開始走路。

才跨過三重到新莊，走不到兩小時，我就後悔兼責怪自己的愚蠢。

大概九點多，我太太打了手機給我(手機在走路時也應該放棄)，她說你真的上路啦，我說好糟糕的道路，根本不是給人走的，這裡施工，那裡挖洞，人行道上都是路旁商家的貨品，狗屎，垃圾，水坑，還不時得提防機車迎面衝來。那你可以回來啊，她說。我知道我隨時可以回去，也因為有這樣的依靠當後盾，所以我才能走下去。但我沒跟她這麼說，我只說我可以。

接近中午時，我的體力已經完全不行，買了一個便當，隨便找一處騎樓，坐在階梯上就吃起來。我的「雄心壯志」正一步一步被眼前的道路摧毀，我從來沒有想到我在城市這個籠子裡已經待超過二十年，道路已經不對人友善，而最關鍵的是我已經不知道該如何走路了。

我呆坐在路旁，像個笑話，茫然地對著省道上快速流動的各種代步的交通工具傻笑。

就是這樣，交通工具不斷發達以後，走在路上的人其實極少。雖然路上常常是擠滿了人群，但人們經常是固著在一定範圍的區域走動，並非走路。「為什麼不開車，不然機車也可以，至少騎腳踏車吧？」吃完便當抽完菸我重新站了起來，告訴自己，因為騎腳踏車速度還是太快，快到我無法感受腳底黏著狗屎鞋面沾上灰塵的重量，也快到我無法看清眼前的一片樹葉掉落如飛鳥般的輕盈。

我繼續走，腳踩在地上，眼睛看著遠方，風沙刮過臉頰，太陽照在頭頂。

我繼續走，腳踩著海綿，眼睛看著腳尖，汗水洗去風沙，雲層遮住太陽。

我繼續走，天啊，這不過才第一天，怎麼我那三點五公斤重的背包，彷彿變成三十五公斤重的石頭壓著我的雙肩。

夜已經從後面追上來了，我側過身讓它先行，它毫不客氣迅速佔領前方的道路，我繼續走，身體越來越重，心越來越輕。

〔走路札記〕

・一公里約1300步。

・十分鐘走1150步。

・今日走47802步。

・人們還是辛勤地工作，為著生存付出大量時間。在城市裡的想像跟實際世界差太遠了，才離開台北不久，就充分感覺到它所衍生在自己身上的混亂與謊言。

・在內壢找不到落腳處，問人，一個好心的阿桑騎著機車幫我找了一圈，繞回來告訴我有一家旅社，我去看，已經沒有營業了。搭火車到中壢。

一無所有

「我要從南走到北，我還要從白走到黑，我要人人都看著我，但不知道我是誰。……」老青年一定知道這是崔健「一無所有」專輯的歌『假行僧』，歌詞頗貼近走路人的味道，除了「我要人人都看著我」這句。

壓根沒有人會看著我，壓根也沒有誰會看見誰。最多是停在陰涼處，放下背包，點一根菸，看見口中吐出的煙飄升飛散，瞻前顧後，挺起腿再走。若是與誰交錯而過，兩人互瞥一眼，聞到不是屬於自個身上的味，一句話都不用說。而若是氣味相近，因為同是走路人，那更一句話都不用說。

碰到老流浪漢是在新竹香山附近，一看到他，我馬上認出此人功力非凡，稱他走路大師不為過。他戴著類似船長的帽子上緣有一枚徽章，寫著

「環遊世界」四個字，上衣口袋裡插了湯匙、筆、圓規、美工刀、叉子……超過三十種物品，鼓得滿滿的。

這一路上我極少跟人說話，不知為什麼看到他卻讓我想找人談談，我覺得他是「同路人」。

我不敢吵他，先站在他身旁，看他坐在雜貨店前的矮階上，手中揣著一包吐司，細嚼慢嚥，街路過往行旅從他的眼瞳閃現隨即逝去。

他吃了將近二十分鐘，用袖子擦完嘴，我這才接近，跟他點頭致意。他掏出了根菸，我遞上打火機幫他點火，然後指著旁邊的空位，他無可無不可的不露聲色，我就不客氣坐了下來。

他看也沒看我一眼，我只好也點一根菸，兩個人遂各自吞吐著各自的煙，比賽沉默。菸燒著燒著，我們似乎共同凝駐在某一種時空，那是另一個世界，在那裡心靈慢慢地靠近。

由於我功力甚淺，忍不住開口說了第一句話：「你在走路？」

他嗯了一聲。

「你走多久了？」我又說。

他又嗯一聲。

我不知道還能說什麼，等兩個人把菸抽完，我立刻又遞一根給他，他終於看了我一眼，微笑地把菸接過去。

「你很久沒有說話了對不對？」

他再次地嗯的一聲。

「我也是。」我說。

「你的帽子很迷人呢！」我繼續地說，為的只是想讓他多說幾句。我不知道自己為什麼想聽他說話，可能因為我也很久沒有說話了吧。

「是啊。」這次他的回答多了一個字，而那就讓我的寂寞與累減輕了一半。

「你從什麼時候開始走路的？」

「忘記了。」他說，又多了一個字。

「你現在幾歲？」

「六、七十吧。」

「你幾歲開始在路上的？」

「二十出頭吧，我不知道。」

「啊！你已經走了四十年。」

我看著眼前的這位走路大師，覺得心抽動了一下。我想他這四十年走在路上，會不會說過的話不超過四十句？那麼我何其幸運跟他並肩坐著相處三十分鐘，說了佔他生命比例裡很長的這一段話，雖然我感覺他心裡一定嘀咕著：有什麼好說的，就是走嘛。

「我要從南走到北，我還要從白走到黑，我要人人都看到我，但不知道我是誰。」這歌詞底下接的是：「假如你看我有點累，就請你給我一碗水；假如你已經愛上我，就請你吻我的嘴。」

在路上走四十年，水是有的，但我明白在其中絕少浪漫可言。就是走嘛，那是一切，那是全部。而那也是一無所有。

我看著老流浪漢踏熄菸頭，站了起來。

我知道他要繼續上路，忍不住又開口想讓他多停留一刻。我問他台灣哪裡沒走過，他說每一條路大概都走過一遍以上，除非是新開的。我說我才剛開始走路，他笑起來，告訴我還有很長的路要走。

他的步伐已經邁出去了，而我竟跟他說後會有期，好像我們真的還會再見面一樣。

〔走路札記〕

・路漸漸安靜了，人車大都選擇高速路，整條路上好像只有我走著。

・楊梅外圍陸橋俯瞰一條彎曲的小徑，感覺有某種舊時光回來打招呼。

一切一切的路途是否就在拼湊這樣的記憶時光，還是那片片段段穿越時光殘存下來的，正彰顯此刻的存在。時光不是直線，它像是俄羅斯方塊，是立體的連結，左連上，下接右，而此刻我的眼睛彷彿看見在立體對角處最遠的被遮住的那塊風景。

•一大早的，楊梅新興街的早市人聲沸騰，客語、台語、國語混雜的叫賣聲，你一言我一語，討價還價，每種語言在這裡都能通。因為小時候是在市場裡長大，所以每到一處有機會便會到當地的市場走走看看。今早收穫豐富，喝了一杯現煮的澎湖來的紫菜魚丸湯，清爽甘甜，還吃了烤香腸和鹹豬肉，其味不只滿足了唇齒口舌鼻，竟讓眼睛都亮起來，精神抖擻。以上當然都是免費的。這裡最特別是客家的包子，皮滑嫩晶瑩，餡是白蘿蔔簽，剛蒸出來簡直迷死人，一個十塊錢。

•平鎮、楊梅、龍潭、湖口（過縣界）、新豐、竹北、新竹。今日53119步。

速度

慢下來慢下來，跑那麼快做什麼呢？

在路上，很奇怪，我看到的每個人都行色匆匆，似乎前頭有什麼重大的事足以改變今後一生，若不儘快到達將會錯失機會。

前頭真的有好看的風景嗎？幹嘛那麼急。

小時候我看老夫子漫畫裡有一則，老夫子漫步走在雨中，快跑的秦先生（跟沒看過漫畫的讀者解釋一下，老夫子、秦先生、大蕃薯是這漫畫的主配角）經過他，轉頭對他說：「雨下這麼大，你還不跑，會被雨淋濕的！」只見老夫子好整以暇地回答：「跑那麼快做什麼，你跑到前面，還不是被前面的雨淋到。」

似乎是很阿Q很弔詭很痞子的說法，但真相究竟如何，到底誰會淋雨較多，走慢的？還是走快的？多年以後我才得到解答。那是在Discovery頻道做的實驗，他們搭起大棚，頂上連接出水裝置，模仿下雨的情景，讓演員分別以走路和跑步穿過落水速度恆定的一段距離，看哪一個淋到的水較多。

真的讓我愣了一下，實驗計算的結果，答案竟然是跑快的人。

街路上雖然不下雨，我們卻已經習慣以快的速度前行，呼嘯而過的交通工具就載著各式各樣想快一點的人。即使用走的，也很少真正在走路，大都是迫不得已沒有交通工具只好這樣，真的還走在路上的人其實已經很少，我看見的只有小孩和老人。

小孩在路上，他們的目的可能是往學校，往家裡或買到巷口雜貨店櫥窗內透明塑膠瓶子裝的花生糖後往遊戲裡。然而他們五步一停，十步一留，把路程盡量延長。路上有螞蟻抬著餅乾屑，有雀鳥被壓扁的死屍，有小狗小貓，有小草小花，這些他們怎麼會錯過呢？

至於老人走路的情況更複雜。他們已經很少被街路上的景物所吸引，這一條路他們從年輕走到白髮，走過上千次上萬次，閉著眼睛都知道在哪裡轉彎。他們慢的原因是回憶，是身體的老化，是不願意從家裡到郵局只不過三百公尺這樣一小段路還要騎腳踏車機車。另外一個最主要因素，只有用走路的，他們在街路上才能遇到同他們熟悉的人。在巷口他們可以停下看同是白髮一族下盤象棋攻城掠地，在雜貨店他們抽黃殼長壽煙泡一壺悠遠的老人茶，在公園在大樹下他們天南地北開講直到夕陽西下郵局關門，那麼明天再走一趟。

走路幾天後，我的行進介於小孩和老人之間，有時走過長長一段路，全然不知道路兩旁經過的是什麼，只被回憶充滿，有時卻因為停在一處農田貪看著工作中的農人耽擱半小時。我還不清楚自己應有的走路速度。

一小時走四到五公里，一天走八小時，我規定自己這樣走。在這長距的走路上，我沒有小孩和老人的幸運，我知道在路上不可能會碰到遊戲的同伴或可以開講的老朋友，支撐我走下去的唯有意志。

有天日正當中，往後龍的路上，我錯過前村的滷肉飯，而後店的牛肉麵還不知道有多遠，肚子咕咕叫，只得吃了最後一顆巧克力糖，喝了口水走上一座坡度頗大的陸橋。該死的陡坡，我心裡咒罵著，一次竟爬不完，正想放下背包休息，卻看到四線道公路對面浮上來一個踉蹌的身影，又一個走路人。

那走路人直走到我的正對面才停下來，他也看到我了，我們隔著四線道的公路四目對望。他不超過二十歲，身無一物，腳穿十塊錢的藍色塑膠拖鞋，瘦弱單薄的身體似乎隨時會因為一輛快速通過的車所引起的風而仆倒。我雖看不見他的眼神，但我能感覺他渴求著什麼。他再次啟動，一跛一跛的，我知道每走一步他的身體的痛就要叫喊一次，但他仍堅持，我看著他走完下坡的陸橋，停下來似乎猶豫著什麼，突然他轉向，跨過分隔島，橫過馬路，現在他已經與我走在路的同一邊了，距離我四十公尺。

他一步一步接近我，走向我。

換我猶豫了。

我要等他嗎？他這麼年輕，還不知道應該走往哪裡就迷路了，可我自己難道不也是如此嗎？我能給他什麼？

我帶著酸楚並痛的心啟動我的腳，我知道他跟不上我的，我知道，而我殘忍地背對著他。以我的速度。

〔走路札記〕

- 其實是要身體回到自然與原野的。
- 就讓他們去快吧，快得把一切消費，花光所有。

是走是不走？嚴格說來不只關係著走路這件事。有多少次心裡盤繞著要如何如何的那件事，最終被習慣與各種理由推託，結果時間過去，那本書、那部電影、那個人，也不再等待我了……

海

沒有預期會遇見海，所以當海在眼前，當海在長路漫漫之後浮現在公路彼端，那幾乎是一種幻象，沙漠中驚見綠洲，恍惚中的海市蜃樓。

然而是真實的海，上午九點四十六分的海，一號省道過了新竹往頭份的路段與西濱公路緊鄰，相距大約五十公尺。我的腳步橫移往西，跨上海堤，全沒遮攔的視野與寬闊的海風朝我撲來。

我看過台灣幾處動人的海，開車蜿蜒在蘇花公路傾斜下降爬坡斷崖望海，澎湖艙裡船外沙灘岩岸踩著潔淨細沙看海，西子灣風強看海撞堤岸浪衝十尺繼續衝向火紅落日，蘭嶼爬上氣象台月光下看海如碎鑽鋪撒銀魚流竄，東北角九月黑夜白帶魚湧入釣客浮標上的螢光棒萬點隨海搖晃。在台灣本來就處處可以看見海，但我從未在這樣的情形下被海打動，坐在海邊不想離開。

此處的海堤距離海仍遠，應該是退潮時分，中間隔著一大塊海埔濕地，詢問當地的蚵農，走路還要二十分鐘才能觸摸到海。他們駕駛小卡車，車後載運滿滿一籮筐一籮筐的青蚵，看來是豐收的季節。

我繼續凝望著，灰色的沙泥灘，灰色的海面，灰色的天空，這種毫無顏色的景觀，不給人任何浪漫與遐想，唯有蕭索與寂寞，而那正是我走路的過程裡時時刻刻得面對的心境。我常常陷入迷惑，這樣散漫的行走，甚至連足跡都留不住，連抬頭跟一朵雲打照面的心思都沒有，那麼什麼是最終還能留在我心底的？而什麼是最終這片海要告訴我的？很可能會是沒有答案，像蚵農小卡車履過海灘留下的無數車轍，哪一道痕跡是朝著海，哪一道又是朝著陸地；哪一次是豐收，哪一次是空載，全然無法推斷辨識。

這到底是一趟什麼樣的旅次呢？尋覓與迷失，空虛與充滿，出走與歸來，種種對立塞爆我的思緒，加上疲累的身體，我坐在海邊幾乎不想往前也不想往後再走了。

這時一隻鷗鳥正由陸地往海飛行，飛過堤岸，牠面對著跟我剛剛體會過的一樣的寬闊海風，牠朝海，而風將牠吹向陸地。

鷗鳥在空中與風對峙，幾乎是靜止的，像定格畫面留在我的眼底。

那麼，海將我定格了嗎？如果海是邊界，那麼跨過邊界，我能抵達另一個我要的陸地嗎？會不會在那塊陸地上，我還是繼續走，繼續跨過邊界，無數的邊界，我要跨到哪裡才停止呢？

鷗鳥終於逆風飛遠，不久之後牠又必須找地方降落。我跟牠都不是信天翁，可以連續飛行一年不用落地；終其生命的大半時間，信天翁連睡覺時也在飛翔。

該再次起步了，就讓海茄苳和螃蟹繼續留在海邊，讓灰色留在海邊，讓記憶的風留在海邊。

早上十點三十七分，我離開海邊，卻忍不住回頭，多看了一眼。海。

〔走路札記〕

・早上醒來突然想到這麼沉重的行囊，那不是要我丟棄嗎？有多少東西是不必要的，攜帶在身上，徒增重量、負擔，為什麼不捨棄呢？生活不就如此嗎？負該負的，愛該愛的，生命原本就無法浪費力氣去要不需要的東西。

・新竹和苗栗的風真不是蓋的，走在路上，幾乎要將人吹倒。

一百公里

在頭份買了護踝，加上原本一對護膝，我像生鏽老化的引擎械具，上纏一段鐵絲，下綁一節麻繩，勉強發動，顛躓前行。

終於走了一百公里，雖然之前分神岔出去的幾次路徑遊走，以步數推算早已超過這個距離，但看見道路中間分隔島上的路標里程數標示著100，心中仍難掩喜悅。「這是屬於我的第一百公里」我這樣告訴自己，里程雖短，但至少已經跨出了第一步。

一百公里開車不用兩小時，所以當我們開車旅遊到達目的地時，會覺得眼前景色不過如此。但當你花了近三天才走到一百公里外的目的地，眼前不管是什麼景色，都會令你動心。

此段道路兩旁的景致早已不變，過了北部幾個重要市鎮後，原野、農田、山林取代一幢一幢冷灰的建築物。然而走在這樣文明的公路上，某種失落感仍存在，好像被公路鋪蓋過的地方，隨時都可能成為廢墟。

市鎮因文明公路開通而興盛，也因其他更快更便捷的交通網路而失去地位，被人忘記，只因它並不在那些更高速的運轉點上，它漸漸變得處在邊緣。

一號省道和其間的許多市鎮的命運即是如此，高速公路通了，二高通了，高鐵也即將通了，它失去之前承載大量人車的機會，它變得安安靜靜。而其沿途因它興盛的市鎮，有些因此而敗落，這就是我所說的失落與廢墟感。

往後龍的路上，經過連通高鐵的快速道路工地，看著那架高地面三十公尺的龐然建物，一路切割過大地，我有點害怕，害怕文明一旦失去目的，是否就要成為現代蠻荒。

前面出現岔路，都是省道，由於接近傍晚，我怕晚上仍到不了後龍，便問了人家。

「請問，這兩條路哪一條到後龍比較快？」

被我詢問的那人一臉黝黑打赤膊正從路上走來，我想他應該是快速路的工人。

「啊……」他大概沒想到有人會在這荒地上問路，支支吾吾說不出話，最後露出靦腆的笑容對我說：「對不起，我是泰國人。」為了不能幫上我的忙，他且一臉歉疚。

我有點訝然的處境，問路問到外國人，一種荒謬感，而我之前全然不覺得他是外來的，似乎我才是外來的，他早已融入了本地，當他站在這塊土地，我竟分辨不出他是泰國人或台灣人。

我不想自作聰明，仍選擇一號省道繼續前進。風帶著夜把路染黑，卻還沒真正的全黑，那使人更加的不安，尤其這段路建在丘陵地上，兩旁盡是樹林，過往人車可謂極少，連個可以問路程遠近的人都沒有。我越走越心虛，不得不停在一處公車站牌前，考慮搭車前往後龍。等了半小時，沒有一輛公車開來，我開始向經過的私人轎車招手，希望能搭個便車。這樣又經過十分鐘，沒有一輛車子停下來，我開始懷疑搭車的決定，讓我白白浪費了四十分鐘。

正舉棋不定，一輛BMW卻不招自來，在我面前停住。我心想這麼好心的人，只見車窗搖下，一名青年駕駛，身旁坐的是他的妻子或女友，最重要的，後座空無一人。

「請問通宵怎麼走？」那青年隔著女的問我，原來他們也找不到路。

「我不知道，我不是本地人，不過好像往前經過後龍然後就會到通宵，應該是這樣。」

「那——還要多遠？」

「不大確定，你可以到後龍後再問人，」我心想得抓住機會，既然他們要往後龍去，搭順風車比較有機會，便趕緊接著說：「對不起，因為我要到後龍，一直等不到公車，可以載我一程嗎？剛好順路。」

那青年絲毫沒有猶豫，甚至連車窗都還來不及搖上，轉頭看著前方，油門踩到底，ＢＭＷ的引擎轟地咆哮一聲，不愧是性能卓越的名車，才十秒鐘，就消失在前方的道路上，把我拋得很遠很遠。

真的很遠。

比一百公里還要遠的距離。

我跟青年的距離，走路跟ＢＭＷ的距離，城市跟鄉村的距離，中心跟邊緣的距離。

最接近與最遙遠的，人跟人的距離。

・今日43413步。

・突然想到電影「尤里西斯生命之旅」，裡頭放映另一部電影的旁白，好像是：「又迷路了……這裡都是你們的家，很溫馨。這裡仍是我們的邊界。……」

金龍大旅社

房門開著，風與偶爾經過的車輛呼嘯著，旅社老闆娘探頭詢問我吃飯了沒，我回說待會兒再去街上找吃的。

從我來到金龍大旅社後，她就不斷地打量我，不清楚為什麼我會落腳在此地，我告訴她我是台北來的，她更狐疑，頻頻猜測我之選擇這小鎮過夜的目的究竟為何？

「少年耶，你一個人喔，阿奈耶來家（為什麼到這裡）？你是要休息還是過夜？」她問，以客家腔調的國台語混雜語彙。

「你們這裡也有讓人休息啊？」我想不通誰會到這種地方「休息」，不只旅館舊的問題，而是這裡一點也看不出來哪對情侶會想來。

「大部分都是休息的客人，很少有過夜的，想過夜的不會停在這裡，要不去苗栗，要不停在頭份，那裡有汽車旅館……阿你真的晚上要住在這裡？」

「真的，我走得很累，不想再找了，只要給我一間乾淨的房間就可以。」

「你是要去哪裡？沒有開車喔？」

「我走路……我在健行。」我不想讓她更狐疑。

「難怪曬得那麼黑，一開始我還以為你是外勞，想說你怎麼會一個人來。」

後來我搞懂了，原來這裡專做外勞的生意，不是那種帶色情的行當，只因在台工作的外勞根本沒有私人空間可言，有這麼一家小小的旅社供外勞情侶們休息，這倒是造福了這些來台的異鄉人。

「就我一個人，可以給我比較安靜的房間嗎？」

「那你住隔壁好了。」

然後她拿了鑰匙，帶我走出旅社，房間真的就在隔壁一樓，門打開，像五星級飯店的客房那麼大，只不過燈打開，大約三十秒後，我才能看清楚室內的輪廓。

「這間不給人家休息的，也聽不到樓上的聲音，你就睡這裡吧。」

我點頭，想能有一處睡覺就夠了。

接下來她告訴我熱水要等幾分鐘才會流出，如果燈不夠亮可以借我一盞桌燈，晚上天冷櫃子裡有厚棉被，開水到櫃台飲水機拿，有什麼其他需要就找她。我謝謝她，她隨即離去。

把行李攤開，點了根菸，打開房門，小鎮清爽的夜就進到房裡來了。

我是到後來的行程才體會到我多麼喜歡抵達一個小鎮的黃昏與夜，而那最初的喜悅可能就是源自這地方，後龍小鎮，小鎮的一家旅社，旅社裡親切的老闆娘。

旅社就在鐵道旁，很傳統的，去到一個市鎮，如果有鐵路經過，那麼鐵道旁一定會有條小路，沿著小路走必定碰到一、兩家旅社，但都是已經沒落甚至破舊的，而這正合適走路的氣息。

小鎮以省道發跡，熱鬧的也在那附近一、兩條街道，通常走個半小時，整個小鎮的輪廓便清楚地浮現。說是熱鬧，也不過是幾盞燈光在夜裡發散，幾處熱騰騰冒煙的小吃店還映現煮麵師傅揮汗的身影，而這就夠了，讓一個從路上走來的人，安心且滿足地感到溫暖。然後選一處騎樓坐下，叫碗湯麵，切點小菜，小鎮特有的味道便從鄰旁在地食客的口中一句一句吐露出來，完全地將旅人融入小鎮特有的靜謐美好歲月。這是一種滿足。

回到旅社房間，有點捨不得地關閉房門，雖然這是一個只堪休息過夜短暫停留的夜的空間，但我能體會，這裡充滿感情與故事，它們填補我日益消弱的心。

〔走路札記〕

・後龍小鎮，旅社老闆娘不到九點就睡了，本還想找她聊天，卻只剩一隻狗看管，燈光迷濛的櫃台。

・變動真的是生命的活力原則，讓腦袋、身體、心靈換換不同模式與位置，絕對是讓人豁然開朗的良方。

柔情的萬物

清晨四點醒來，起床想出門，天色仍黑，風又大，遂窩回床到五點半。

在街上吃完早餐，回到旅社，還沒人影，敲門敲醒了老闆娘，還了鑰匙，繼續啟程上路，往通宵苑裡邁進。

走了一小時，溫柔的晨光照拂臉龐，前幾日沉重的背包壓得雙肩不堪負荷，今日卻覺得意外輕鬆。有一刻，我似乎是入神了，忘記了重量，忘記了時間，兩腳像槳輕划過水面般順暢，身體清澈異常。這是走路以來從來沒有過的感受，輕飄飄的，似乎可以飛起來。然後我感覺到一種明亮的世界在眼前呈現，每一棵路樹都微笑著歡迎我，而我看著它們，真的體驗到它們也正看著我。

我知道再怎麼精確的文字描寫，都難以掌握這樣真實的生命與生命的交流，但我真的被周遭一切感動了，萬物都帶著柔情的波光朝我湧來，並且為我承擔身體與心靈中任何一絲絲細微的痛與苦，它們將我提升，而我在它們之中裂解消融。我忘記了我自己，只剩下一個與萬物同在的神智，那樣接近徹悟的精神狀態。

直到把一顆小石頭踢進了路旁的稻田，我才恍然驚覺，我已置身人聲車聲中的現實。我立在路旁，想不起什麼時候我竟開始踢著這顆小石頭前進。上一回走在路上，還會踢著一顆小石頭是什麼時候呢？當石頭滾進稻田的剎那，我清清楚楚地知道，遙遠的一個時間點將我貫穿鏈結，將我再次帶回到純真童年。

一樣踢著一顆小石頭，在上學的路上，我小心翼翼地把它踢到學校門口，然後拾起藏放在校門口電線桿下的草叢裡，準備放學後再把它踢回家。很無聊吧，那樣對待一顆石頭的熱情，包含著童稚的愚昧與遊戲，然而我們不也曾經在鉛筆盒裡小心翼翼地收藏一塊從工地撿來的瓷磚片，像寶貝一樣滿足地珍惜著它們。

從什麼時候開始，走在路上，我們已經沒有心思去踢一顆石頭，而且感覺不到那樣的樂趣呢？或者我們終於認清這根本沒有樂趣可言，它不能滿足什麼。而正是這個，它什麼也不能滿足，徒勞無功，踢一百年也得不到一點收穫的動作，能讓人確切清醒，不會被各式各樣可以提供滿足的欲望困頓著。

一顆石頭能扯到這些？我想起一個朋友在我走路剛開始的時候說，搞不好我其實沒走路，就是每天搭車到一個地方，然後找一家旅館住下，每天每天編造一些故事講給人聽，他說這倒是一個小說的好題材。這主意是不錯，而且我相信以小說寫來，一定可以掰得更精采，逸趣橫生。

但如果這樣，這顆石頭說不定就被棄置不顧了，它是那樣無用，那樣粗糙，那樣無趣，那樣無法滿足欲望，那樣多餘存在在一條公路上在過往人車的車輪下與不曾看顧過的目光裡。

我在路旁坐下來，放下背包，頓時感覺到重量又回來了。

那年那顆被藏起來的石頭，我放學後一直找不到。那是多麼空虛的一段回家的路，考試雖然考了一百分，卻失去了重要的遊戲，路因此而漫長起來。

我抬頭看，萬物無情，而萬物柔情。

〔**走路札記**〕

•就坐在稻田邊寫筆記，通宵往苑裡的路上，稻田初黃，還帶點綠的黃穗，在陽光與風中擺動，乾淨新鮮。之前在楊梅時稻子剛抽穗，在頭份時果實已結滿，今日看到黃澄澄一片，想必越往南就越金黃了。

•冬瓜大約在七月中旬播籽種，三個月後才能長大成熟。老農夫清晨即在瓜田裡理瓜和鋤草，現在太陽已經爬上來兩個小時了，他仍繼續工作。他說每株藤蔓只適合留兩顆瓜，如此才能確保瓜的品質，他把割下來淘汰的小瓜堆在路旁，搖搖頭又說，今年颱風和雨水多，花難結果，瓜也長不好，這一分多的田地收成，呷涼水都不夠。他指著路旁堆放的瓜，要我隨便挑幾顆帶走，但那是冬瓜耶，即使是淘汰的小瓜，我的背包根本裝不下，就只好帶著他的笑容和親切離去。

・雲一路上走得比我還快，幾乎是無所顧地朝前奔去，雲影在路面劃過我的身影。天空非常的孤獨，美麗。

靜止與流變

有一種盼望終點，又希望終點還不要到的心態，原來這就是在路上的感覺。跟原本坐在家裡想像的在路上，有天壤之別。

在路上，真的只是在路上，享受並煎熬在路上的一切，自自然然，無法強求。能幹什麼，能看什麼，聽到什麼，心留下什麼，無法掌握。有時坐在路旁的候車亭，世界就靜止，全部聲音不見，身體突地一顫，睜開眼，原來自己竟不知不覺睡著了十分鐘。有時蹲靠在田邊大樹下，汌地一聲溝水裡餘波晃漾，原來真有一條魚被我的身影驚動了。有時起身向前走，發現把香菸遺忘在候車亭，卻怎麼也無法再回頭五百公尺去取回，氣力放盡了。有時，真的，只有風輕輕吹過。

在路上，不必有起點，不必有終點。要一直到界線模糊，走路時世界是靜止的，停步時世界卻流變不止，這樣就真的上路了。

剛剛不小心瞥見自己一眼，自從當兵過後，大概不曾看見自己身體的顏色變成這樣了，一張黝黑沉定的臉孔，認不出來那是誰。

而我們竟能夠分辨每一張臉孔嗎？所有經過的，從前，此時此刻，親密與生疏，特寫與全景，一張張瞬息萬變的容顏會以怎樣的記憶停駐在腦海？那採瓜的阿伯我還會在田邊看著他對我露出笑意盈盈彷彿我是他離家歸來的親人，那好心供放在十字路口隨便路人皆可取用飲來心涼脾肚開的良心茶回甘的滋味，那火熱柏油路正中午人車俱息落葉竟隨風跳盪發出繽紛樂章，我如何敘述這一些短暫的風景？

我們彼此全然陌生，為什麼他們給我這麼多！而當我走過，我終於知道，所有心裡曾經被輕刮而感動的片刻，永遠都不會消失。喔，那過去的不會漸漸模糊，終有一日它會再次迎面而來且更加的清清楚楚，雖然彼此剛剛打照面時會覺得陌生，但我們會很快的熟悉並親密，因為我們擁有共同的情感歷史。

苑裡到大甲，路標明明寫著十公里，才沒走多遠，跨過一條小得不能再小的溪，竟然就過了縣界。馬路寬廣，看來今晚抵達台中已不是問題。

我踩著充滿信心的步伐繼續前行。

中午時分，眼前浮上來一座長橋（大安橋），長得望不見盡頭，我茫茫然地跨上橋，風沙漫天，車流疾速，沒有人行道的橋面走來步步驚顫。壓著帽子，頂著亂流的風前進，不時大卡車對我咆哮它高分貝的喇叭，我勉強瞇眼向前看，發現遠處有個黑點靜止不動，似乎是個人影。

不會有個傻瓜像我一樣想用走路過這長橋吧，我心裡想。等我一步一步接近，才發現是個少年，不只有他，還有他的機車也停止在橋邊。

「拋錨了？」我問，「要幫你推嗎？」

他沉默地搔著頭，眼神帶著一絲不快，拿出手機，撥了號碼，越講越大聲，越來越不耐煩。

「真的不用幫你推嗎？」

他索性不看我，一句話也沒說，根本沒想理我，大概覺得我很囉唆。

其實我是逆向走，果真幫他推完車，不知還有沒有勇氣回頭再走一遍這長橋。

我只好背著他繼續走。走了大約三十公尺，心開始不安起來，我想，萬一他的車子沒拋錨呢？那麼他孤孤單單一個人停止在這橋上做什麼？

我趕緊回頭看他，少年也正看著我。

他將會如何記憶在這座寂寞的長橋上經過他身旁年紀大他一倍的我？而我又會怎樣記住在我人生中這個沉默的少年？瞬間我彷彿有個錯覺，我覺得自己像那個停在橋上的少年，看著自己的背影漸漸走遠。

下一次，當我遇見他，說不定我會記得他，說不定不會。要看看那時我還記不記得關於自己的靜止與流變，關於時間在他和我身上刻寫的紋路與細節。

【走路札記】

- 通宵到大甲，28188步。通宵到清水45902步。
- 繃緊的神經，過完橋的最後一段突然放鬆，無法控制地大笑起來。

心中的暗黑

給路騙了，以為可以輕鬆到大甲然後到台中，然而過了大安溪橋才進入大甲繁華市鎮的邊，進書店翻地圖，大甲過後是清水，一號省道並不經過台中。

其實是給自己蒙蔽了，學生時代搭車北上，巴士一路員林彰化台中，就以為都在一號省道。如今往回走，卻偏差了路徑。

但我還是想經由台中，走舊的路線回家。

停在大甲休息，發現左腳起水泡，但不覺疼痛，買ＯＫ繃貼住。從大安溪一路吹來的狂風沙，也吹進大甲市鎮，眼前景物濛濛的，一切似乎被風吹得搖搖晃晃。走進鎮瀾宮，想洗把臉，雙腳卻無預備地把我領到正殿媽祖身前。

這路上看最多的是土地公小廟，我會遙遙地雙掌合十鞠躬，心裡一句話也沒有。我沒有宗教信仰，但總覺得上天默默注視，人還是得敬畏未知。

看著媽祖，我的心波動了，身體一鬆，竟跪下來。我感謝祂一路關照，讓我平安抵達此地。

當時我並不明白為什麼跟媽祖說這些，只覺得祂很親切，要到後來在雲林的路上，祂再次向我招手，我才逐漸清楚，為什麼會跪在祂面前。這些，後續再述。

離開大甲往清水，又過更長的大甲溪橋，腳掌上的水泡破了，黏黏地在襪子跟皮膚之間摩擦。走路以來，今天算是「撞牆期」，可以痛的地方都痛過一遍，大腦分泌的腦啡已不敷使用，再編織多美好的前景與回憶，也減輕、安慰不了身心俱疲的窘態。

何嘗想過會變成這樣呢？滿臉愁容，把自己搞得狼狽不堪，這難道是走路的目的？心怎麼一下子就灰暗，才感動過的怎麼就魂消黯然？人竟是這樣的脆弱，連自己都把握不住。我心中一陣陣的烏雲浮現，所有惡暗的想法盤旋腦海，而街景並未即時挽救我，相反，我看到的盡是醜陋。

從北一路下來，破敗的人行道，廢棄的眷村，浮著惡臭的溪河，地下道路倒客唉唉呻吟，這些真真實實我所遇見，殘忍且無情的面容，能逃避嗎？我突然失去想回彰化故家的心思，我怕回到，而我將看見，已不是記憶中的村落。

腳步就這樣帶著猶疑驚怕緩緩向前，我茫茫然走到清水。找到往台中的公車，攤在座位上睡死，睜開眼時我已置身黑夜的城市。

多麼相同啊，這一地，那一地，台北，桃園，新竹，台中，不管走多久，都像是在原地打轉。背著沉重的背包，看著霓虹閃耀，我站在十字街頭，發呆地等待紅燈換綠燈，綠燈換紅燈，不知如何邁出接下來的步伐。

一陣旋風突然吹來，掀走了戴在頭上的帽子，我這才清醒，看著帽子滾

我知道再怎麼精確的文字描寫，都難以掌握這樣眞實的生命與生命的交流，但我眞的被周遭一切感動了，萬物都帶著柔情的波光朝我湧來，並且爲我承擔身體與心靈中任何一絲絲細微的痛與苦，它們將我提升，而我在它們之中裂解消融……

遠到馬路中央。紅燈綠燈，川流的車輛壓過，紅燈綠燈，我拾起了帽子，沒理會四方的車輛對我發出憤怒的喇叭聲。

這一夜我坐在旅館的床上，拿著從超商買回來的針線包，一針一針縫補帽子上被壓損的扣帶，也縫補著我那暗黑碎裂的心。

〔**走路札記**〕

- 今日箴言：放鬆，無求。
- 左腳竟起水泡，唉，忘記身體吧。放慢速度。
- 有一個家真好，如果沒有一個思念或者放心的地，那麼在路上就全然虛妄。

前進

過烏溪即彰化了，而我將穿越整個縣境，抵達我在濁水溪畔的故鄉，完成第一階段的走路行程。

沒法走得很快，一方面是近鄉情怯，一方面是這段道路擁有我許多的回憶。

是不斷前進沒錯，然而我們背後總是拖著一卡車的人影與物事，心靈才不至於空虛到毫無重量。（雖然我們回頭看時那裡經常什麼東西也沒有，但我們確實被堆疊的萬物過往存在的靈魂推到眼前，它們賦予我踩出步伐的力量。）

當時是跨出，此刻是跨入，彰化。遇見賴和的詩牆〈前進〉：

「他倆已經忘卻了一切，心裡不懷抱驚恐，也不希求慰安；只有一種的直覺支配著他們——前進！……無目的地前進！自然忘記他們行程的遠近，只是前進，互相信賴，互相提攜，為著前進而前進。」

賴和先的〈前進〉在以前我曾讀過，但這次就在走路的情形下撞見，雖然我不像文章裡的角色是在黑暗裡不斷行走，但之前的確有一段心念暗黑時刻，所以我遠遠地立在路旁看著鏽蝕鐵紅的詩牆，心裡的感觸極大。

「他倆」走過一段黑暗的里程後，其中一人看見「光明已在前頭，跟來！趕快！」但另一人卻「猶在戀著夢之國的快樂」，於是他只得「獨自一個，行向不知終極的道上」。

我清清楚楚且深刻的感受這樣的字句，原來所有人，不分年代先後，不分天南地北，都有著共同的想像：無論生在何時，走在何處，一直以來都是「一個」人，但這一個人最後終會明白，不斷不斷有許多人走在他身旁，一起前進，然後離去。

我呢？我是哪一個？是看到光明的，還是戀著夢之國的一個？

「前進！向著那不知到著處的道上。……」賴和先這麼說。

我的腳步繼續南行，聞著熟悉的塑化工廠排放出來的空氣味道，就知道進入彰化市區了。

雖然更早以前彰化在島上的繁榮位階高過現在許多城市，但它基本上是個農業縣。在我國中時期（七〇年代最末），農村裡已經沒有年輕人了，大家都出走，我也是其中一個。彰化市就像是個轉運點，我家鄉無數的同學友人親戚，從此地搭汽車搭火車，前往台灣各大城市求學工作打拚，又在每個過年過節朝著相反方向返鄉，或者異地待久了變成故鄉，從此不再回來。這樣出走的人潮分散於島嶼四處，不知他們現在走到哪裡停在哪裡？

啊，當時不過是十五歲的毛頭少年，知道什麼出走！又怎麼想到二十多年後，回來會是如此的漫漫？誰不是以為自己朝著光之所在前進，誰又會清楚原來自己已走往另一條路身在黑暗夢之國。

而我一個人走著，既陌生又熟悉的這條省道，雨豆樹在道路分隔島上長得很茂盛，小橢圓葉反射著點點燦燦的陽光。微風徐徐吹過我的臉頰，也吹動滿樹雀躍輕舞，拍響奏鳴著走路的節奏，我信賴著它們與我同伴一路前行。

我望著雨豆樹們也看著自己的步伐。不知道雨豆樹們從西印度移民來到此地，會是什麼命運呢？將一路蔓延生長下去，或者過幾年人們厭倦了便砍光改種其他？樹與人的年代刻度不同，而且它們不會吶喊，從不抗議，它們既落地生根又不怕變遷，它們只是安靜地在漫長的時間中緩緩前進。

前進呀，我的鄉人，我們的島民。向著那不知到著處的道上。……

・舉棋不定是要走省道還是走小路，因為很想走入田間的感覺。

・近鄉，腳步與意志都軟化了。

流浪五金店

「四百元，算你三百二啦，打八折。」男人搬來鋁梯，撐開梯腳立在車尾。

「三百二？太貴了，算齊頭，三百啦。」路旁住家的婦人討價還價。

「又不是剁豬肉，齊頭幹嘛！」男人不讓價。

車尾，女孩已經爬到梯上，伸長手臂，從車頂取下罩網（餐桌上蓋剩菜用的），男人接過來，拿給婦人。

婦人看了看，從口袋裡掏出一千元大鈔。

「用了不滿意，下次過來，我把錢退給你。」男人說，找給她七百。

買賣不成仁義在，買賣成了人情仍在。

男人坐上駕駛座，招呼助手女孩趕快上車，女孩一上車，車子隨即緩緩向前行駛，打開放送頭（擴音器），大聲廣播販售日常生活千百種用品，一路攬客。

這是一台活動的、流浪的五金店，男人已經在路上跑了三十年，女孩是他的女兒，最近因為男人的體力不如從前，拉她來幫忙討生活。

他們一路走走停停，於是我和他們就互相前後在省道上行進。

貨車上載著超過兩千種不同的貨品，你想得到的家用雜貨，都有。

男人年輕時體力好，可以日夜開車不覺累，跨縣市做買賣，甚至達嘉義阿里山區偏遠村落，南投窮鄉僻壤也有他的足跡，如今他和他的車子固著在彰化附近的省道上，不跑遠。

「跑不動了。」男人說，「現在早上出門，到下午開車時常常就打瞌睡，平平路還可以，跑山路彎來彎去會危險。」

他很驕傲地介紹他的夥伴，一是他的車子，一是他的女兒。又說其實生意早就不如從前，有時開車繞繞，不過就是要看看老朋友。

「都是二、三十年的老顧客，習慣買我的東西，而且有些老人家自己住，走路不行了，叫他們去哪裡買？大賣場？一包一包那麼大，他們怎麼提得動，又沒車子……」

他話匣一開，便有屬於日常生活裡的人情與細節，而那語氣帶著一種認真且包容的心境，似乎路跑遠跑久了，觀察更多，體會更細。

我想到小時候住在農村時，也有許多這樣四處走動做生意的面孔。

每天午飯後會來的是騎三輪車賣冰淇淋和雞蛋冰的老人，遠遠就聽到「叭咘——叭咘」的聲音，小孩們一窩蜂將他團團包圍。我總挑鳳梨口味的雞蛋冰，看老人把尖尖的竹籤棒插入鐵製蛋形的小孔中，然後撥開外殼，涼涼的一顆黃色雞蛋就露出來了。

每個星期會來一次，但不一定有生意可做的，是收鴨毛雞毛和收破銅爛鐵，他們不是同一個人。鴨毛的價錢比雞毛好五倍以上，如果是純白的鵝毛又更好，可惜那時我的祖母一年殺鵝不會超過兩次。那收破銅爛鐵的還兼補鍋，大鼎、湯鍋、水壺，甚至連菜刀柄、鍋鏟他都能修。

每個月會來的是「換藥包」的，他甚至連牲畜的藥都有賣，我就曾經抓住一隻老母雞，掰開牠的嘴，餵牠一顆感冒藥。

不定期出現的就更多了，閹豬的、牽豬哥的（給母豬配種）、王祿仔（每每選擇廟埕廣場表演：魔術、特技、脫衣舞……最終就是推銷治百病的仙丹妙藥）。而我記憶最深刻的是「抓小狗」的，他總是有辦法知道人家家裡頭懷孕的母狗什麼時候會生小狗，等小狗吃了一個月的奶後，便準時出現，機車後載著鐵籠，將小狗一隻一隻抓起來關進去載走。我至今仍能聽見那時母狗的啼哭與我自己孩童時內心的不捨與啜泣。

如今呀，這些流浪的人都不流浪了，如此那孩童將少掉多少樂趣，寂寞的老人在農村便也更加寂寞了。

〔走路札記〕

・車開遠了，祝福你們父女，一路平安，也謝謝你們給我的。

・上午十點半，體育課，孩童們正在跑操場，個個活蹦亂跳，叫叫鬧鬧。他們的操場邊有一排修剪整齊的榕樹，跑步完後可以乘涼。由操場望出去，校園內的草坪一直到翻過牆的公路旁，有小葉欖仁、大王椰子、香港櫻花、木麻黃、旅人蕉、鳳凰木、變葉木、合歡、棕櫚……我才寫下一半，且花兒都還沒算。田尾這地方原就有公路花園之稱，孩童與植物們一起長大，想必笑聲會更形清脆與甜美。此刻我像教室裡望著窗外天空發呆的孩童一樣，出神地坐在公路旁聆聽風聲樹聲孩童聲，感覺心中盈盈的滋長。

・我是幸福的，到了這樣的年紀還有機會放縱，流浪。

故家之一

經過這些天的日曬，我的膚色已經跟家鄉的人們接近了，也像自己當初離開時的樣貌。然而我離故家的距離越近，就更加明白我背離她很遠了。

我如何去探究心靈在經過二十年後，有什麼可以被辨認出？啊，那裡藏著夏天的南風，這裡包裹著龍眼樹開花時的香氣，左邊瘦瘦癢癢會不會是那年潺潺溪水流經，右邊吵吵鬧鬧吱吱喳喳個不停是黃昏雀鳥回巢聚集的竹林，中間呢，中間有一點痛，那是故家的什麼鑽入內裡像根細小芒刺針挑了半天微微滲著血絲卻還緊緊卡住扎著的那是什麼呀。故家。

能認得我嗎？我正在慢慢地靠近，走入，我的故家。

我的故家其實有兩個，一個在溪州鄉（我母親家，我在這裡度過小學和國中時期），一個在埤頭鄉（我祖母家，未上學時和寒暑假我的快樂天堂），都在彰化縣境內，濁水溪畔。由北而南的省道，我先到達的是溪州。

跨入鄉內，走了不到兩公里，大概就經過五個以上小學同學的家，而我只是低頭前進，沒去辨識何時何處。太多了，太多的熟悉與陌生，簡直令人無法相信，為何經過這麼多年，即使景物全非，所有的記憶仍被深刻在心的紋路裡。那刺扎得好深啊。這一處，以前我們抓大螞蟻當餌釣吳郭魚，把小田溝水阻斷舀乾摸蜆，有段日子蚯蚓號稱營養食物被引進農村，養了一堆，經過時都毛毛的。那一處，放風箏比賽誰的尾巴接得比較長，騎腳踏車看誰先追上遠方的女孩與夕陽。……

這些那些，這麼多那麼多，心怎麼都裝得下啊。

炎日繼續照落在道路上，熱騰騰的空氣扭動景物，我的眼睛也有點迷茫，時間在我肩上使力將我朝前推去，風也是，我的腳想要煞住，卻被更大的引力吸入踏進故家的路，我不要，我還沒準備好更新心的地理與歷史，我還不想讓陌生覆蓋我的記憶體，然而，我停不住了。

有什麼這些那些，早在最初我跨離的第一步就注定消逝，我怎能像天真的孩童，想把撕下的日曆紙貼回去呢？而且畢竟那紙張早被製作成風箏，飄得很遠很高，即使幸運的收線成功，我看到的它也已經變成皺巴巴的模樣，肯定再也飛不起來，只得撕碎它，留著竹枝骨架，明天再糊上一張新的日曆紙，調整綁線，希望能再一次順利升上天空。

那麼萬一日曆撕完了呢？萬一樹都被砍光了怎麼辦？萬一土石陷落，萬一小河被阻斷，萬一乾旱農地寸草不生，萬一我們都遺忘曾經共同凝視的青空，共同流下的汗珠，萬一我們連曾經手牽手共同走一條路的記憶都被隱滅，那麼剩下的這一堆碎紙片，我該用什麼將它黏合，還是就散在風中，東一塊西一塊，故家呀，在那樣的碎裂中，我沒見到天使，只有幾根沾血的羽毛緩緩地降下。

我們都受傷了，在彼此背離，彼此疏遠的過程，我們都被時間這個獵人開槍打得遍體鱗傷。

　　進鄉的路分岔，舊的路通往市區，新的則類似外環道。這是省道經過大大小小市鎮的固定模式，已經到家的人選擇舊路，還未抵達的選擇新路。這一路我穿過大大小小市鎮時，兩種都走過，端看心情如何。想遇見人，就選擇舊路，想速度快則新路(其實外環的新路通常繞一圈反而遠，但它並不會有什麼讓人想逗留)。

　　此時此刻走到這裡，我新舊兩條路都沒選，轉入了一條田間的產業小路，近乎魔幻的，每個鄉村都有的時光曲徑。

　　任誰是孩童時，住在鄉間，怎麼會想走大路呢?大路多無聊，只有空盪盪熱騰騰的柏油路面加上車輛，那不像是人可以走的。孩童會選擇兩旁有雜草叢抓幾隻蚱蜢，有野花吸點花蜜，有果園摘幾顆芭樂桑葚蓮霧，最好是有圳溝田溝的小路，最好圳面上還有鐵橋，鐵橋上還有鐵軌不知道火車什麼時候會經過，可以這樣那樣把回家時間拖得更晚的小路。

就是這樣的時光曲徑，我走著，感覺自己的身體太過龐大，深怕壓毀被我招喚而來的魔幻場景，小心翼翼地跨著步伐。

然而是場景先把我的心敲碎了，我經過小學後門的小徑時，下課鐘響，幾乎在同一時間，我聽到所有的孩童把椅子靠往桌子碰撞時的隆隆聲，一秒過後全部的孩童說好似的齊聲嘩啦地扯開天真的嗓門大呼小叫，不久之後有一隻紙飛機從窗子裡飛了出來，我的心快樂的，碎了。

我微笑地跟趴在二樓教室窗口看著我的小朋友揮手，他們擠在一起，臉靠得那麼近，手互相勾搭，身體碰來碰去，他們是如此親密地一起長大，一起觀看外面的世界，這美好的圖像解除了我的陌生感，我，我的腳，我的身體，我的心靈，回到了故家。

我無法形容故家改變多大，好像一切都改變了，好像又如故如常。我的舊家確實是早就沒了，市場在許多年前即已改建，我就住在那裡頭，不到四坪大的房子內。然而當我走在市區的街道上（很小的市區，大概就畫井字時，四條線就完成了），還是怕別人認出來，因為我看到的每一個人都似曾相識。倒不是我做過什麼壞事，不敢給人知道「我回來了」，而是怕人詢問「你回來啦」，那我就無所逃避，得去清清楚楚面對故家的這麼短的街路卻接續在我身上無限延長的心靈之路。

還好，我沒有遇見可以叫出名字的人，他們也只模糊知道我曾經住過這裡，所以我們都是微笑地劃過彼此的眼前。

我知道，我是故意選擇繞過那些我最熟悉的景物與人們，就像以往我有數次開車經過這裡，眼睛總是直視前方，特別一定不讓自己往左邊瞥，怕那老朽木造的舊市場的屋頂，一下子就傾塌，碎裂而四散紛飛。

它早就在現實裡消失了，但它還佇立在時光的曲徑中，在我還沒替它找到重建的位址時，我必須把它的一木一窗保留著，那也是今後能完整地重組我自己認識我自己的未來之路。

這是我走得最慢的一段，以這樣的速度，我鐵定是走不完的，故家的路。事實上現實的道路，不斷地開拓新增，變長變寬，原本無路的又多了一條，一條又接續一條，我們所有人的故家都是這樣，非要我們花很長很悠遠的時間去尋找去體驗，才有可能找回彼此相連的那條道路入口。

而那些在人們心靈增生的路就更不用說，其複雜度超過現實地圖，我們彼此無法辨識誰誰誰是從哪條路走過來的，又是歷經了哪些悲傷與憂難，那麼何不我們就以微笑以微微的熱度銜接走在路上異鄉也好故家也罷穿過彼此的肩膀。

我的故家這樣，你的故家也一樣，我們的故家其實是同一樣。

翻過山頭，走過平地與泥濘，我抵達了我的故家，其中一個已經消失，一個只剩牽牛花和傾斜的水塔。

〔走路札記〕

‧員林到老家，13433步。今日才走15593步，卻覺得很長很長。

‧進家鄉的媽祖廟，感覺清涼，平靜安詳。

故家之二

我們究竟如何來回顧看待我們的過往，我們就會走向如何的未來。微笑的跟一個人告別，未來他會微笑地迎接。每一條路就跟一個人一樣，你討厭它太遠太長，當抵達終點時，它對你就會顯現冷漠。路不計較人的身分，穿的衣服華不華麗，鞋子是否名牌，只要上路，走著它，看著它，體會它，那麼一路將有太多太多的美，它會不吝嗇地邀你共享。

故鄉，故家，故人也是如此，我們的回憶要承載良善或醜惡，在跨出與跨入的第一步，在景物映入眼簾的剎那，心念轉動，眼前即如是。

就說惡路吧，誰都是一步一步漫漫走過來的人生，坑坑洞洞，歪歪曲曲，膝蓋破皮。突然有一天，不管腳下多麼崎嶇，卻行無罣礙，眼前即是風景，那是心境一轉即可成就的。但很難，說穿了，就是路走得太少太短。

離開溪州故家，依循著小時候的路線前行，我走往另一個更農村的故鄉，我祖母家。往昔都是騎腳踏車，包括心情和身體飛快地奔往，也不知那裡究竟是什麼吸引人，好像就只為對著老祖母大喊一聲「阿媽，我回來了」，然後一溜煙逃散。直到黃昏時刻，躲玩在村子的某一角落，遠遠地，似有若無，祖母呼喚我的名字，那聲音極細長，幾乎是幻覺般在空氣中波動著，恍惚中身旁的小黃狗亦豎起耳朵，然後更多更多的阿母阿媽加入呼喊，一個個被空中魔幻之聲點名的孩童便拔腿奔跑，取捷徑穿堂過戶爬圍籬跳牛欄，朝著自家屋頂冒煙的煙囪方向而去，心裡不捨一個下午怎麼這麼快就過完了。

這樣一次一次地奔跑回家，站在老祖母的大灶前，冬天溫熱夏天清涼皺痕紋路佈滿祖母的一雙手抹去沾在臉上的髒污與草屑，紅通通的灶火撲面而來，掀開大鍋蓋，蒸氣騰滿灶間，氤氳中看見那張微笑的老臉說：「憨囝仔成天趴趴走，要多吃一碗飯。」

這樣一次次地不捨的黃昏就過了，直到再也跑不回去，直到灶火熄滅，那已是多年以前老家屋頂的煙囪不再冒煙，我的家族全部搬離了農村。

此時此刻，這一個下午，鄉村道路寂靜平常，我佇立在路旁聆聽，最可能是幻覺，而我相信是真實，那樣呼喚的聲音仍在空氣中傳送。故家還三公里遠呢，但誰說不會？有更遠的呼喚聲傳送跨越海洋大地山岳，凡背離或失去故鄉的人都曾聽見過。

再次踏出步伐，經高速公路高架橋下，再來是墓園，過土地公廟右轉，一條被兩旁樹叢包圍的小路彎彎曲曲向前，而後再跨越一個小村，我的第一段走路行程就到終點了。我在心中複習這條走過千百次的路徑，彷彿這雙腳多年來走過的路就是為了這三公里路途的磨練。很長很長，很遠很遠的三公里，就在這樣緩慢的步伐中，一個聲音把我領進了時間的鏡面，一邊是真實，一邊是虛幻，我不知自己是在鏡子裡或鏡子外，既向前又往後，所有過往與未來的光反射旋繞，而那聲音就站在我眼前。

「你回來啦。」一個陌生的阿伯，他坐在田溝旁的樹蔭下，微笑地對我說。

……我張著嘴不知怎麼回答，便對他微笑點頭。他認識我嗎？我不記得他。他以為我是誰？那聲音是對熟悉村人或親戚的招呼，對陌生人不是這樣的語調。

「你回來啦」一句簡單明白的話，那阿伯憑藉著看人看人生的幾十年經驗，即使我只是這樣輕輕滑過他的眼睛，他就能一眼認出。

這一路我也曾走入其他地方，見過許多人，然而他鄉人們並不這樣對我說，他們大多問「你是從哪裡來的」，他們知道我只是路過，他們知道我是異鄉來客。

我高興自己身上還印記著什麼可供辨認，而不至於成為永遠的異鄉人。

然而這也是矛盾的，在走路的過程中，人時而進入漂泊的狀態，你不是你，你不屬於這裡那裡，你不是哪一村哪一鄉，你不是哪一省哪一國，你不存在這個世界，你腳踩的這顆星球是幻覺虛構的，你走的道路並未曾留下足夠辨識的痕跡。在這樣的狀態下，以上這些虛構與想像才會自自然然的跑進內心，才讓人醒覺個體的生命律動。

一旦「你回來了」這句話發生，那麼注定人要被時間停格，座標顯現，身旁的事物都有了向度，關係，距離。那麼即使我只是一個微微轉身，就要看到現實在我眼前崩毀，一棵在我心中生長近四十年的龍眼樹連根拔起，隨風消散。

這是注定的時間規矩，方圓百里像被投下一顆原子彈，氣爆橫掃，地面上的建築與物事清空。隨時隨地，我都站在這樣的廢墟上，但我並不悲傷。

「你回來啦」那裡充滿等待，而當我被指認，我的腳便生了根，緊緊地扎進地底一百公尺，再大的颶風也吹走不了我了。

即使我僅能辨認廢墟的一小部分，但我並不悲傷。

「我把這條街命名為阿斯雅．拉賽絲街。作為一個工程師，她使這條街穿過作者。」（本雅明《單向街》）因我明白無論如何漂流，時空如何摧毀生命，所有的地都不被應許，所有人都是陌生人，所有喜愛的詩被放棄閱讀，身形與心靈徹徹底底被拋擲在宇宙虛空中，但我不是異鄉人。

有一個原鄉被指認，一個已逝的聲音還在青空中震盪。我還是個人，還保持著走路的速度，很慢很慢的速度，再慢再慢一點，我還是個人，像嬰兒走兩步摔一跤地觀看這個世界，未來迎面的景觀是醜惡或美麗都保持微笑，因為他的手指指著前方，說「啊！」世界才開始要被認識被命名。

我佇立在故家前，看陽光燦爛，牽牛花爬滿屋頂。

池塘變成公園，我坐在公園的鞦韆上，悠悠地搖晃眼前的世界。左上邊是竹林，竹林重建了。穀倉，穀倉重建了。豬舍，豬舍重建了。曬穀場，曬穀場重建了。煙囪，煙囪重建了。炊煙，炊煙重建了。

跨進門檻，丟下書包，喊一聲：「阿媽，我回來了。」

陽光燦燦照入屋室，阿媽不在，可能下田去了，我穿過五間房子連成的屋廊，朝尾間前行，那裡灶火的紅光仍閃爍躍動。

我閉起眼睛，依稀聞到一抹桂花油的香氣，那是阿媽身上的味道。再次張開眼睛，眼前是如此乾乾淨淨的世界呀，萬物正在逝去，萬物正在勃發。

我舉起相機，對準廢墟按下，一滴眼淚從觀景窗滴落。

但我並不悲傷，因為我真的走回來了。

〔**走路札記**〕

- 能有一個地方讓人能說「我回來了」，那是生命多大的恩寵。
- 風景其實一樣，流轉的是人。
- 他怎麼知道我真的是回來了，我就是在這個村子長大的？
- 田間渠道，水依舊清涼透澈，我嚐了一口，甜。

回家

離開老家，準備回台北（以前是說去台北），我繞了遠路，走一條我童年時代遊走的路徑，其實再走一遍三十年前這條嬉玩的路，更加確定，當時的腳步就是離家的預告。

那時迷路在鄰村，世界真大呀，如何也找不著回家的路。眼看天色漸黑，我與玩伴急得快哭了，然後我記得是出現一隻狗，我們村子裡的狗，牠來覓食還是找朋友吧，反正我們就跟在牠後頭回家。這是夢還是記憶的編織，我已經無法確定，就好像如今走在這條路上，童年的腳步已經模糊，也沒有狗可以帶路，我是徹底的離家了。

坐在鄰村的雜貨店長板凳上，望著風清爽吹晃著的池塘，有幾片竹葉緩緩落在水面，微細的漣漪似有若無地漫開。雜貨店來了三個剛忙完農事的男人，衣服，臉上，腳上沾滿灰褐色的泥巴。他們飲著啤酒，見我一個人失神，又跟老闆加個杯子，要我共飲。他們問起我，是不是當兵休假回來，我說我不是這裡的人，而且已經沒那麼年輕了。其中一個男的仔細地瞧瞧我，說你家就在哪裡哪裡，現在那個池塘建了一座小公園，對不對？

我不可置信地看著他。他說從庄頭到庄尾，包括鄰村，他沒有不認識的人。接著他開始說起我們家的「歷史」，從我祖母到我們家人的搬離，他還說蓋公園時，要填滿池塘得多少車的土石，說我看起來像誰誰誰，所以他能認出來。我聽得一愣一愣的，比之前打招呼說「你回來了」那個老伯還教人驚訝。

記憶以它不同面向的廣闊將我吸入它的內部，而我的走路不過是喚醒另一個沉睡中的我。我至此明白，原來那細微幾乎無人記得的漣漪，即使被土石填蓋，不復水波晃漾的池塘，依然會在心中澎湃。

我從來沒有想過以走路這樣的方式返家，更沒有預期能完成。當我走路，那接近無生命狀態的記憶化石經過漫長的蟄伏，居然又活了過來。這樣一趟路程，標示著過往與未來，我很慶幸自己一步步達到，至少，我知道眼前的廢墟將要有新天與新地，那是整個路以喜悅鼓動在路上的人，而每一個人在長路漫漫之後，都將會找到屬於自己的天堂。

離開鄰村，我的返鄉路程接近完成，最後一步就是搭車離開。我在一號省道的路邊等車，站牌還在同一個地方，當公車從遠處公路慢慢的接近，緩緩地停靠下來，那多像當初來來回回好幾次，我離開家，而這一次，我是為了回家。

摸摸口袋裡從傾頹的老家屋頂摘下的牽牛花種子，我望著窗外逝去的風景，感謝所有我曾行經的每一棵路樹，每一盞路燈，以及每一顆還在跳動的心靈。

〔走路札記〕

・二〇〇四年十月十二日出發前一天日記。初旅。從台北的家往三重走一號省道回彰化老家。

・預計(結果)晚上停留：桃園(中壢)，湖口(新竹)，苑裡(後龍)，清水(台中)，員林(員林)。

找媽祖

當走完第一段台北到彰化的行程，我心中便已決定繼續走路這件事，於是回家不久之後又出發，搭車到上次抵達的地方，我的故鄉溪州，準備過濁水溪，走一號省道南下。

媽祖就突然找來了。

那時我停在濁水溪舊西螺大橋紅色橋頭，看著農人採收大片毛豆田心裡感動，才想著應該走入更深更遠的勞動生活，走上橋沒幾步，便看到「西螺太平媽祖文化祭」的活動布幡高高懸著，迎風舞動。說不上來是為什麼，我立刻決定去找媽祖，好像祂將帶著我去看看我心裡還缺少的什麼。

並不是被神明上身之類的，而是自從上次我經過大甲鎮瀾宮時曾經不由自主地跪在媽祖面前後，總覺得一路祂都跟著我。那樣心裡時時刻刻呼應著一種未知，還不到信仰的程度，但我隱約察覺冥冥中祂的善念帶給我許多力量，所以一看到遶境活動，就決定跟隨著祂走路，這一切並不在原本的計畫中。

問了大橋旁賣西瓜的歐幾桑，他說媽祖已經遶境好多天，不知今天是到了哪個村落，他要我到鎮上的媽祖廟問會比較清楚。

進廟裡，問了執事人員，他們說有時巡境的媽祖進到村落，民眾太熱情，或者村落裡另一間媽祖廟的媽祖，由於姊妹久久才相見，硬是要留，各地起駕的時間便不確定地延後了。

西螺福興宮太平媽的遶境，不同於大甲媽祖每年例行的跨縣市繞行慶典，這次的出巡距離上次已經好幾十年，可能遠在日據時代，連老輩的人都是聽更老輩敘說才得知。而太平媽走的路徑與大甲媽也不同，是更偏遠的村鎮、鄉間小路，幾乎是我從沒聽過的地方，大地圖上找不到地名。

這次的活動總共進行十天，要到不同村落與一百四十九間廟宇會香，大都是媽祖廟，也有些太子爺或王爺廟。我看了活動手冊，還剩三天的行程，推估媽祖大約的所在，問清楚方向，疾疾地往二崙邁進。

不同於上一階段的走路，置身在雲林廣大的鄉野，只需一口甜甜空氣的味道，便會讓人立刻取得寧靜。一畦一畦各色農作物的田地，綿延交織而成五彩繽紛的生活氣息，看似緩慢靜止，但內在卻是澎湃騷動。這裡的土地踩下去，彷彿具有心跳般，讓人的心敞得更開，驚覺原來這就是生命的動力，它日夜不停的帶著人們呼吸。

這裡的人亦是如土地般的堅韌強勇，熱情用來毫不客氣，心中卻是靦腆不已。我走在產業道路，駕小發財車的旺仔在我身邊停了下來，駕駛座旁是他媳婦。

「少年耶，你要去哪裡？」

「我在找媽祖。」

「找媽祖？這樣走路怎麼會找得到。上車來，我載你去。」

我跟旺仔說，媽祖下午會到二崙，他便轉個彎直奔。到了當地，他幫我問鄉人，果然是被前面的庄頭留住，媽祖還沒到。

我不好意思再麻煩他，便說我在這裡等就好，他回說反正媽祖一定會來，不怕我迷路，就開車走了。

我並沒有留下等待而是繼續上路找媽祖，還不到一小時，旺仔又找來了。他說他想想不放心，回到二崙去找我，我卻已經離開，他找了幾條路才找到我。

「來，我載你去，現在媽祖在崙背。」他黝黑的臉盡是熱情。

我心裡著實感動，萍水相逢，他為一個陌生的我操勞這許多心思與路。

我跟旺仔解釋我就是要用走路的方式跟著媽祖，謝謝他的好意。

他點點頭沒多說，要我路上小心走，隨即開車離去。

這是怎樣的人的善念？當我再次邁步，心中被旺仔那張粗糙卻笑意盈盈的臉所充滿。如果是我呢？我會像他一樣嗎？對一個陌生的路人釋出這種寬厚的情懷。

我自己已經離開這樣的人太久了，而我原本不也是這樣的人嗎？是什麼讓我變得對人小心翼翼，不敢去碰觸那乾淨簡單的心。我所處身的現代生活，何時變得處處設防，你不相信我，我不信任你，動機疑雲滿天飛，全不像個人，或者說活得不像人該有的價值。

我繼續往前，平和的風吹過這片原野，土地芳香的氣味鑽入我最深處的內裡，有什麼誤解與怨怒被解開了，這幾年生活在都市所積壓的疲累與鬱結暫時離放了。我自己都覺得訝異，好像我穿梭過的時空帶著充沛的感情包圍著我，而這感情具有正面的力量，或者說這感情是那麼無私地傾注而來。我感到愧疚。

那是真正的愧疚，我竟然曾經讓自己變成一個不相信人的人。而我與他就生活在同一塊土地上。

我看著自己，看著自己腳下無盡延伸的田野，火焰燒過稻稈後，黑色的土地下有著生命最大的掙扎與撕扯，當人都想做一顆飽滿結實的稻粒，我能否讓自己只是那燃燒後的灰燼？

並不是書裡頭田園式的美好浪漫想像，當我越接近土地上耕種的人們，看見真實鄉村生活的困苦與無奈，我就寧願讓自己只是灰燼。他們極少怨怒，當我們像烈焰侃侃爭論著品味與意識形態，當我們不斷賣弄騷動的言詞，他們早就已經是灰燼。而我有沒有能力是灰燼？我想我差得很遠。得繼續走，才能趕上那樣的腳步。

就這樣，從中午到黃昏，看見媽祖的前導「報馬仔」出現，我找了四小時。

先是聽到遠遠傳來的鞭炮聲，然後細微的鑼鼓點也從村落遠遠的一隅慢慢放大，我停下腳步坐在路旁的橋頭等待。

當媽祖的鑾轎出現時，夕陽正浮在田野遠方的地平線上，天色漸漸暗了下來。從前庄來送行的與從後庄來迎接的村民交會，將遶境的隊伍拉成長長一列，我跟上去默默走入，心裡很踏實，因為有這麼一大群人陪著，而且是光明正大的走路。

經過一村，又繼續走過一村，天色已經完全暗了，鄉間小路陷入漆黑中，遠遠地才見一盞路燈。安靜的隊伍緩緩前行，離今晚媽祖鑾駕休息的楊賢村還不知多遠，但我其實走不動了，勉強拖著步履。

我已經失去方位不知自己走到何處，也不知晚上會不會有地方可以過夜，正擔心著，突然身後一片光明，我停下腳步回頭看，遠遠的一輛車頂鐵架改裝掛著滿滿強光燈泡的小卡車照亮了人群，跟在隊伍最後頭。

小卡車以走路的速度經過靜止的我，突然停了下來，車窗開著，駕駛阿伯轉頭看我，露出滿嘴金牙。

「少年耶，你走不動啦？要不要搭我的車？」

我沒有猶豫趕緊上車，車子緩緩又向前。

「不曾看過你？……」阿伯說。

「我是今天才到，從台北來的。」

「啊，你這麼虔誠，從那麼遠的地方找來。」

「不是……我是半路遇見媽祖，才跟著走。」

「這就是了。」阿伯注視著前方，與被光照亮的隊伍保持穩定的距離，

接著他問我：「今晚有地方休息嗎？」

「還不知道。」我回答。

「放心，跟著我就對了。」他說。

〔**走路札記**〕

- 舊西螺大橋2487步。
- 今天是驚奇與驚喜的一天，遇見媽祖，一路上都有人相助。夜晚走在

鄉村小路，說不出的溫暖，一直到八點半才抵達楊賢。好玩的是，過西螺大橋時就有指標，往右就是楊賢，而我竟繞了一大圈。

・阿伯的改裝照明車平常是跑選舉場子賺外快的，媽祖遶境，他免費來服務。他是忙完山裡茶園的農事，下山追尋媽祖，趕上夜晚來照路。

憂鬱的亞熱帶

開照明車的阿伯把我載到福興宮的香客大樓時，已經是晚上九點，他和執事人員商量，無論如何要留個房間給我過夜。

「可能沒辦法，外縣市的廟方代表早就預定好了，臨時臨夜，去哪裡找多的房間。」執事人員面有難色。

「這不是理由，他大老遠跑來我們這裡，不照顧說不過去。」阿伯很大聲地說。

「沒單獨房間，不然就麻煩他和鼓隊旗隊擠通鋪？」

「你說這什麼話，人家斯文人呢。」

阿伯很固執，我真是過意不去，忙說睡通鋪就可以了。阿伯還是覺得對我很失禮，我跟他說我一點也不介意，只要能有個床躺下來就夠了。他把我領到通鋪，離去時他說明天一早還得去山上工作，無法招呼，不過已經交代別人好好照顧我。

在通鋪躺了下來，半睡半醒之間，恍惚進來許多人，他們的話語不曾斷過，間或夾雜著怒罵與粗口，嗩吶還被鼓著的氣猛吹，皮鼓也鼕鼕地顫響，尖銳刺耳的聲音，把人的神智抽離出時空感。難道他們沒看到我躺在這裡？分不清是夢還是真實，我的腦海盤旋著日裡與夜晚所遭遇的總總身影與魅形。

剛剛媽祖在楊賢停駕過夜，村子裡為了歡迎媽祖，陣頭當然不能免，還特地找來電子花車綜藝團表演，給人看也給神看。這台電子花車是我看過最大的，而且設計精巧，舞台是電動的，可升降，可左右移動，音響燈光一應俱全。歌舞女郎開始表演，整個廟埕頓時進入，不是喧鬧——而是一片肅穆。當她一件件脫去衣裳，舞台上既噴火花也噴乾冰，冷與熱煎熬著在台下觀看的我。

這是幻術嗎？我似乎不在那裡，也不在這裡。

身體太累但靈魂卻醒著，我感覺自己飄浮在一片原野的上空，身體陡然地上上下下，一會兒升得很高，一會兒卻又差點失速降落地表。

從高空望著大地，黃燦燦一片是向日葵花田（也許是油麻菜籽），連綿綠紗帳底下是剛冒青的蔬菜苗，灰色是剛翻被日頭曬硬的土畦，水亮水亮枕著反光是濁水溪蜿蜒的曲線，平靜的沙洲緩緩降落一隻白鷺鷥。

上升著，卻同時墜落。

被工廠廢水染污的灌溉渠，被黑心官商包營盜採的砂石，沿海一帶煉油廠冒出濃烈煙霧，年輕人無所事事打殺飆車晃蕩整日，疲憊的老人守著家門空等，嬰孩爬行在滿是穢物的街路。

我，我們就是這樣的生活在這裡嗎？我在群眾裡看見天堂與地獄，這是人世的顯影嗎？是媽祖要我遇見的嗎？

我看見自己跳上了一輛五彩繽紛的電子花車，把衣服一件一件的脫掉，內心充滿了恐懼與羞怯。沒有人看著我，沒有人聽見我的哭泣，就在我暈倒在舞台上的前一秒，我看見舞台邊的圍牆上，貼著幾張過時的不知是立委或總統還是哪次政治選舉的候選人海報，他們一排微笑地看著我。

我因而驚醒。

醒來，人卻都不見了。空盪的通舖房間，寂靜異常。

後來人們陸續進駐，沒有嗩吶也沒有鼓聲，只有躺平的身軀，鼾聲如雷此起彼落，而我再也無法入眠。拎起背包，出了香客大樓，我走在陰黯，風卻沙沙的街路，尋找另一個落腳處。黑漆的天空遠方冒出燦爛無聲的焰火，我知道如果身旁有個人，他一定可以看見焰火在我眼睛裡片刻的閃亮。

那個人也可以明白，在這憂鬱亞熱帶的夜，街路上為什麼有我徘徊。

〔**走路札記**〕

・夏秋雨水不穩定，二期稻作一分地收成一千二百斤到一千四百斤不等。這是溼穀的斤兩，即未經烘乾或曬乾的穀子，這樣的稻穀，收購價一百斤大約在九百六十到七十元之間。一甲地等於十分地，約三千坪。如果農人一家有三分多的地，就算是一千坪好了，種稻子一年收兩回，可以賣多少錢？答案是九萬五千元。

遶境的腳步

媽祖還沒進村，往村子裡的路上人們早已排排站好，等媽祖一接近，大夥全跪伏在馬路中央，準備「鑽轎底」。

這樣的習俗幾乎於每次大的遶境活動中都可在電視上見到，但當我那麼接近的，幾乎是身體碰著身體的看著人群跪了下來，我無法說出那種心中的感應，彷彿那時真的有神靈撫過，眾人一起見證祂溫柔慈悲的手。

這樣跪下來，只是為了祈福與消災嗎？是什麼力量，讓人們這麼謙卑？還是在集體意識下，人們無法支配自己的意志？

那麼又為什麼這麼多人跟著媽祖遶境走路，而且一走十天半個月，不喊一聲苦，為什麼？單單只是信仰，單單只是個人的祈求或還願嗎？我想不僅如此。

看看這些跪下來的人們，留在農村的老弱婦孺，渡洋遠嫁而來的外籍新娘，一些臥病多年堅持要人抬著或坐輪椅的全在路上等待媽祖，他們其實是要求最少的一群，祈求的不過平安二字。我也問了幾個全程跟著走的「信徒」，他們說得模糊，並非真有什麼實質上的要求或報償，只是感念著媽祖這樣慈悲的德行所以跟著走，而且覺得自身需要再乾淨一點，媽祖的香火可以滌清心中不該有的雜念。

就是這些心思單純的一群，他們跪了下來，他們不畏路途遙遠地跟隨遶境，是因為他們覺得媽祖不是在廟裡，也不是在天庭那樣的高高在上，而是跟著他們一起走在路上的。他們自身沿途所見與遭遇，正是媽祖的所見與遭遇，神與人在這裡交會。於是眾人所共同投射出來媽祖的形象，正是人們自律的形象，人們給媽祖禮讚的美德，也是人們希望整個社群都能擁有的美德。

「是人也是神」，我在媽祖隊伍中認識的朋友這麼解釋遶境的意義。他的意思是說，明明是人抬著媽祖四處走，那人應該是主導呀？但反過來說，要是沒有媽祖，哪來這麼大的力量，號召一群人走在路上，照顧四方。

跟著媽祖的隊伍一步一步慢慢走，一個村莊過了一個村莊，我想我喜歡媽祖這樣的存在，祂的確腳踏著路，手撫著生命，姿勢放得很低，接近地面的看著世界。我相信這是人也是神共有的道路，就像在遶境的路上，我看著身邊虔誠默默的每一張臉孔，那裡映現的其實就是媽祖的神態。

最後一天晚上，媽祖回到西螺，整個遶境活動達到最高潮，市區的道路被全島來會香的隊伍塞滿，人群擠爆廟埕廣場。我目送媽祖回到鑾殿後，回頭尋找前天帶我走入媽祖隊伍開照明車的阿伯。

「很累吧。」阿伯看到我就笑了。

我默默地走在車旁邊，知道就要與他告別。

「要回來喔，我們算是有緣，你若不嫌棄，他日經過雲林，我泡茶招待你。」阿伯這個心思細密的長輩哪裡是外表看起來那樣的粗礪。

我點點頭。

「把這個帶在身上吧，不管有心無心，媽祖都會保佑你的。」我接過阿伯給的平安袋，謝謝他幾日的照顧。

「那就這樣了，路上小心，慢慢走。」阿伯說。

〔走路札記〕

・一路扛媽祖鑾轎的都是女性，她們雖然輪班，但耐力仍是驚人。走十二個鄉鎮，一四九個村落，這是不容易的。

・媽祖半路被太子爺攔住，得經過神明雙方溝通，才又上路。扛太子爺神轎的青年班，隨著搖頭電子音樂，晃動神轎上裝飾的七彩霓虹燈棒，很High的、很忘我的震顫。沒想到會這麼生猛，廟會與舞曲那麼協調的搭配，看得簡直入迷了。

轉場

媽祖遶境圓滿結束，翌日清晨，我從西螺出發往南，繼續一個人的走路行程。

三天來被各種情感各種聲音各種氣味塞滿的身體與思緒，終於恢復了平靜與日常。從表面上來看，一切照舊，世界還是如同昨日那般運轉，看不出有何不同。但我知道已經不同了，至少對我個人而言，與那麼密集的群眾相處，人聲汗味相混，有機會以不同角度看待人與人、人與神、人與自然的連結，我的心變得踏實許多。而周遭的一切經過這場儀式，彷彿也變得更加豐厚，不斷地對我發出綿綿不絕的生命訊息，要我去碰觸，要我去探尋。我感謝媽祖，感謝那未知的，帶領我走這一回。

我踏著欣快的腳步向前。

才七點，農家就忙，青蔥堆在門前簷下清洗著，散發著陣陣辛香，醒人心神。田裡則更早，天亮之前就忙成一團，現在太陽熱了以後，反倒顯得安安靜靜。

雲林是島上重要的蔬菜生產地，種水稻的也不少。這時節二期稻作開始採收，空氣裡瀰漫著剛割刈過禾稈的草味與金黃成熟的穀香。我在莿桐一帶的田裡，遇到農家三人，夫婦帶著女兒，在採收後的稻田裡，忙著開溝築搭棚架，準備栽植豌豆。

他們坐在田渠邊休息，吃著婦人帶來的早點。男人看見我，問我吃飽了沒，我點點頭，索性也坐了下來。他說稻子收了以後，趕種豌豆，而人工不夠，家裡三口勞動就只能整理這一小塊地。又說豌豆怕濕也怕旱，照顧不容易，但不管收成如何，不無小補。

男人說話不疾不徐，神情剛毅平靜。他的媳婦與女兒，吃完飯後，把布巾又圍回頭上，只露出不動聲色的一雙眼眸。我被這樣的生活氣息與人的氣質凝注，這正是在土地生活許久後才會流露的光芒。

這一路上，我總是在這些蹲得較低的人的身上，看到這種屬於人的光彩。不管是市場裡的小販，或是從工廠下班湧出來的作業員，生存在島上的這些小人物，他們的目光總是那麼的穩定，讓人看了有說不出的感動。特別如果對比常出現在媒體上那些有頭有臉的人物飄忽的神情，跟這樣的小人物對坐互望，幾乎就是一種幸福了。

看著田渠中的水被引入溝　中，我揮揮手微笑地跟他們告別。

走到莿桐市區，因為在西螺待了三天，重量增多，於是重新整理身上的裝備。把沖洗好的照片、媽祖送的帽子衣服毛巾打包，猶豫了一下，也將一直帶在身上唯一的一本詩集寄回家。

那麼，是個新起點了，經過這個轉場，我再次審視自己。不該只是漂流走晃了，這一路還有什麼是我想尋找的，還有什麼是我所遺失的，還有什麼是我們可以共同珍惜的。

我得讓自己重新去認識我所生長的地方。

〔**走路札記**〕

・雲林人具有一種純粹的質感，帶著粗與野，粗獷與野性。這是講究精緻、規矩、尺度、價格的生活所無法擁有的快樂。

・走的是鄉村小路，沿路的場景教我驚喜。很多古厝仍在，非常非常漂亮，那許多老人，每一張臉孔看了都要讓人掉淚，是從歲月裡淬煉出來的容顏。真想抱住他們。

・原來我這麼喜歡人群？是因為這些人像我嗎？

原來所有人，都有著共同的想像：無論生在何時，走在何處，一直以來都是「一個」人，但這一個人最後終會明白，不斷不斷有許多人走在他身旁，一起前進，然後離去……

逃亡

經過小小的石龜火車站，它靜靜地被放置在廣袤的田中央。我等待著，或許會有火車經過。一個村鎮，加上一條溪流，貫穿或偏流於小鎮都無所謂，再配上火車與軌道，這幅景象總能牽引出我熱切的情感。面對時，我常常是張著嘴巴，呆立在遠景，好像自己是個小說人物闖進了某個作者虛構的風景，冥冥中有條故事的線索正在進行。

我是正要進入，或者要逃離？這個人跟小鎮的關係是什麼？他遠遠的張望著車站內，可站內卻不見任何人影。作者會不會搞錯了，這小鎮如此安靜，好像從時間主幹岔開，全體人們都攜手往前奔去，它獨自錯位，卻因此保留了時光之美。他小心翼翼地跨步，以鐵軌為平衡木快樂地與影子玩耍。

突然迎面傳來火車汽笛的巨響，他跳開來，火車剌剌疾速從他身旁劃過，他的臉頰被勁風刮得刺痛。

他看見火車內擠滿了人群，他聽見他們的歡呼，有人從窗裡冒出來朝他揮手，那是歡迎還是告別的姿勢？他隱約知道這是最後一輛開往未來的列車，可不明白為什麼自己不在車內，是被拋離了，還是自己選擇沒上車？他摸著口袋內的火車票，看著火車繼續加速而去，離他越來越遠。

我常常這樣看著風景，平凡甚至應該說是無聊的畫面，然而在風景的各度向量裡都隱藏著一個不為人知的故事。這些不分年代伴隨在我身邊的呼吸氣息，唯有在走過長路，才一一心頭浮現。雖然我等了半小時，一輛火車也沒有。

再次開始走路，身體的痛仍在，但已甘之如飴。少了回鄉的標的，其內裡的象徵或外在的嬗變散亂不成形。我的走路茫茫，如果不是這樣光明正大走在大路上，簡直就是逃亡。

像那個小說人物，不知道作者接下來的一步會將他帶去何方，或者一切早已脫離作者的操控，他被忘記了，得決定自己該往哪裡去。

這是我要說的逃亡，關乎自由的意象。

沒有被什麼綑綁，也非什麼樣的形式限制，但我總是被我自己鎖住，路一路走下來，才慢慢地找到解開自己的鑰匙。我的手上握著一張車票，我可以有勇氣為自己決定劃位去哪裡。

然後經過大埤，台灣最大宗的酸菜產地，然後過小小石龜溪，就進入嘉義大林。白甘蔗田綿延，大林糖廠仍在，標示台糖科技中心轉型經營，但有心有情的保留著名的台糖枝仔冰，回味甘甜。

我繼續走在大路上，享受著自由的風。

有輛警車經過我時放慢速度搖下車窗，裡頭的警員用尖銳的目光朝我身上搜尋一遍，他們大概認為我是哪來的外籍勞工，無所事事地走在大馬路閒晃。這樣第二次，我認得是同一個警員，又把我度量一回。

但第三次，同一輛警車，又特地折返繞回來，假裝不經意地經過我，我於是停下腳步。要看，讓你們看清楚吧，我不過是皮膚曬黑了點，不是偷渡客。我對著車裡的警員們微笑，他們索性也停下車，問了我是誰？幹什麼？去哪裡？知道沒什麼搞頭後，他們才離去。

我看起來有那麼糟嗎？

等我走進雜貨店休息時，終於找到原因。我喝著水，看見牆上貼著一張通緝犯惡龍張錫銘的懸賞海報，那身影樣態真的很像，像逃亡著的我。

〔**走路札記**〕

・幾日來的步伐都算錯，計步器壞了，今天才發現。從西螺到斗南將近二十公里，才跳四千步。或許那多出來的步履，是我走到另一個時空的地圖上去了。

・前晚得知梁弘志過世了，一路上都哼著他的歌，真多，竟然還記得。

・在田間，在工廠，在路邊，在搬運的貨車上，人們可以放心的流汗，不會被排斥。在這些地方流汗很痛快，天天流，一天流幾次，隨即被自然風乾吹散，味道不會那麼臭。流汗是勞動，流汗是美德。若是在城市可得要小心，辦公室裡、擁擠的公車上、百貨公司內，汗味可是會引來斥責的目光。流汗是不禮貌，流汗是髒。住城市裡的人們如今不敢放心的流汗，還想方設法避免，也因為不常流汗，偶爾流一次，味道真難聞。

・走了七小時，就穿過雲林。進入大林，公路兩旁無人行道，亦無行道樹，真是炎日呀。

呼喚

入夜一小時後才走到民雄，火車站前沒有旅館，賣鵝肉的倒有一堆。

坐在站前台階上寫筆記，聽穿著高中制服的男女學生笑語飄盈夜色中。這歡樂嘈雜給走路人帶來生氣，人聲怎麼會那樣地美妙？是因為孤獨面對著青春的勃發吧。那樣的年紀是殘忍的，被禁錮的身體與姿態，明明內心有座沸騰火山要爆炸，卻被緊緊的圈鎖，張力因而顯得生猛。也唯有如此，一旦放鬆，才知生命的虛無是這樣巨大，才明白熱情拋到時空中是多麼難以為繼。

走路是緬懷這樣的歲月嗎？未免太多愁善感了吧，還脫離不了青春期。

搭車到嘉義，睡到清晨四點，喉嚨作痛，可能菸抽太凶，希望不是感冒。卻再不能入睡，翻看自己的筆記。笑自己，走路至今盡是記述些無關緊要的小節，那樣細微外界的動靜能堆砌出眼前的世界嗎？一個沒有目的性的走路，是否要衍生這些看來多餘的言語？

不知有多少人問我同樣一個問題，到底為什麼要走路？

走路時我也常常問自己。有時那樣清晰，譬如一步一步走，眼前的世界不斷地映現我自己的形象，唯有外在風景的變化，才能確知內心的究竟。以前不懂，境由心生，現在有一點領悟，可是卻陷入更巨大的矛盾。我被撕裂成無數的風景碎片，每個片段都是我，那麼我在哪裡？一切又模糊了，彷彿走路走一走，又回到起點。

當然此行也隱含著另一個比較具體的標的，那就是寫一首詩，我放在心中已經許久的詩，但還不知道如何去構成，只能走一步算一步。

密室讓寂寞更加彰顯，我聽見秒針滴答滴答的聲音，天光漸漸地顯露，竟又睡去了。不久聽見有人叫我的名字，清清楚楚的呼喚，我想回頭看誰在叫我，一轉身便醒來。

有半分鐘之久忘了身處何方，整個時空中只有一個我，一個沒有名字的我。

這些日子，有好多次這樣的經驗，在超商前的階梯或者隨便哪處座椅牆邊一靠，便昏幽睡死。迷茫中不是被車聲就是腳步聲擾醒，張開眼看見的是模糊的街景，印象派畫風，光影之後似乎隱藏著什麼神祕心靈。那樣全然不知身置何處，彷彿自己已經消失了。

揉揉眼喝口水，方才恢復神志，我趕緊打包收拾行裝上路。

太陽剛出來，早上七點，一號省道267公里處出發，嘉義往水上。越走心越不平靜，都怪自己去思索什麼目的不目的，加上那莫名的誰的呼喚，一路上思緒就被緊緊勒住，彷彿真的迷失了，大聲叫名字也叫不回來的魂。

到底是誰在呼喚？過了水上，心情仍是一團亂。

皺緊眉頭不思不想快步走，「我千百次地舉起燈籠，尋覓，在那正午時分……」我快成了愚人一群，只差沒有胡言亂語，手舞足蹈在大街上。

幸運的，風景再一次解放了我，那是過了水上不久的南靖車站。我坐在木椅上休息，靜寂空間充滿甜蜜的陽光，彷彿棉被曬過後令人溫暖的氣息，我的身體與心靈柔柔地被包裹住。車站內無一人，連售票窗口都緊閉著，似乎已經停止營運。窗外望出去，綠樹盈盈，草花遍佈，麻雀在光和陰影之間跳躍。我緩緩呼吸著深怕驚擾造物，而造物有感情般的回應著它的嘆息。

突然那個聲音再次出現，沒錯，是呼喚著我的名字。

我閉起眼睛仔細辨認，那從未聽過的陌生呼喚在整個時空中迴盪，那樣清晰，那樣明白，我不禁跟著從嘴巴裡無聲地吐出，喔，我聽出來了，早上那個聲音，此時此刻的聲音，原來那是我，對自己的呼喚。

我，邁開大步。

〔**走路札記**〕

・安靜，安靜得讓人離不開座椅，這是現在的感覺，九點二十五分。有多久沒有呼叫自己的名了？

・路途常常如此，想休息了，卻偏偏無個停歇處，勉強坐在一地過後，再上路，走不遠才發現適合歇腳的就差那麼幾步。

在番仔田遇到番女

過八掌溪即是台南縣後壁。路樹開始編號，左右分，各自算，一棵樟樹一棵羊蹄甲。〇〇九五號的樟樹被砍去，可能因為擋在一戶人家門口。

繼續走，路樹更替，多了美人樹一種。

中午時分到達後壁街區，喉嚨更痛，可見不是抽菸的問題。胡亂吃過午餐，找個廊下座椅瞇眼，一靠，只覺是瞬間，張開眼睛，竟過去一個半小時。

繼續走，作物變了，淺塘裡睡著一池池的菱角與蓮花。

平常，時間是客觀的，走路時，時間是主觀的。說一年容易又春天，但以現在身體的狀況，走一天漫長如一年。不想理會昏熱膨脹的頭，腳卻越走越處。逞強走到現在，不得不停下，小村南廓，門牌上更細的地名叫番仔田。

往前看，不到一公里遠就有密集的房子，應該是市區，可真的無法再走。在道路旁商店前的座椅癱著，吸菸也失去了味道。正後悔沒在後壁找個醫生開處方，抬頭就看見大路對面斜岔的鄉村小路旁，有個招牌高掛，叫天佑藥局。

這可真是天佑我了。

入藥房，老闆娘吃著菱角，見我進來就問要不要吃，我說喉嚨痛得嚥不下東西。她給了藥，說外頭風大，可以在屋裡多歇一會兒。我問菱角，原來是鄰居給的，吃都吃不完。可能以為我是軍人吧，她問我休假幾天，我只是笑笑地搖頭，她從玻璃罐子掏出幾顆喉糖要我帶著路上吃。

大概是藥也是人情的加持，不久後身體輕鬆許多，我就又上路。走五百公尺，才發現一直戴著的帽子不見了。其他東西遺失我不介意，這帽子一路跟可是有感情的，雖然走回頭路更累，還是得去找回來。

藥局裡沒有，老闆娘說她不記得我有戴帽子，我心想慘了，不會是遺落在十公里外的後壁吧。時間是主觀的，十公里對我而言是一世紀呀。發著愁，抬頭遠望來時的路面，乾乾淨淨，沒有留下任何蹤跡。

正想橫過馬路，就看到番女了。

她與她的小綿羊，停在馬路對面我剛剛癱倒的地方，她發動了幾次小綿羊，機車還是沒有任何動靜。有個阿伯騎腳踏車經過停下來，不是看機車，而是瞅著她。也難怪，這鄉村地方，哪來這樣身形高　，衣衫單薄，金髮飄逸的外國美女。她跟阿伯比手畫腳，阿伯只能一直搖頭，騎車走了。

她的茫然與無助比我更甚，我過馬路要幫她，可妙了，我看見我的帽子就靜靜地在商店前的座椅上等著。我欣喜地戴上帽子，彷彿神力加持，使勁地用腳發動小綿羊，可機車仍是一動不動。

番女一臉著急看著我，我也乜眼多瞧了她幾眼。她怎麼會在這裡出現呢？她是來幹什麼的？我的腳踩得再次發軟，小綿羊的引擎卻連噗噗一聲屁響也沒。接著我才瞥見油表指針已經到底，打開油箱一看，果然一滴油也沒。

她到底為什麼在這裡，而且是騎著機車，油還耗盡了？

我試著用我的破英語跟她對話，這時才發現不是所有的外國人都講英文。如果沒猜錯，看那樣細白的膚色，與一雙晶亮的大眼睛，她應該是來自俄羅斯。沒錯，這樣想時，我的腦海立刻聯想到來台發展綜藝節目上那個瑪格莉特，而她更具魅力，嬌弱地站在我面前。

雖然思緒翩翩飄飛，我還是專注的關心她的難題。

「No gas.」我對她說。

她明白問題所在，臉上更急了。

身為在地人，我怎麼可以把Marguerite丟在異鄉的荒野上不管呢？說不過去的。所以換我比手畫腳，而她也曼妙地舞動肢體語言回應，費了五分鐘，我們終於在大馬路邊彼此了解，心懷激動地達成溝通。結論是，我要她等在這裡，我試著到前方找看看有沒有加油站，然後帶一點汽油回來，讓她能把車騎到加油站加油。

「Nine-five or nine-two?」汽油是九五還是九二啦，我的手指跟著比數字。

「Oh?……Oh?……Oh! Nine-two.」她的手指纖細，比出勝利的V字。

她贏了，我們的對話結束在彼此的ＯＫ手勢中。

我ＯＫ，她ＯＫ，可我的身體卻不ＯＫ。孔老夫子早就講過：「孰謂微生高直，或乞醯焉，乞諸其鄰而與之。」孔子譏諷微生高這個人，別人到他家借醋，他缺貨，就跑去鄰居那裡討些醋來給這個人，這樣看似熱心，可怎麼算是清直呢。我的身體也在諷告我，既然已經沒油沒力氣，幹嘛還逞強要到不知多遠的鄰國加油站拿油回來給Marguerite，你的思想很混濁不正喔。

但她是異鄉人呀，天色又逐漸晚了，難不成丟下她和她的小綿羊，這，是男人都做不出來的。

可走沒幾步路，我就知道我可能當不成男人了。不說加油站在前方多遠，問題是還要走回來，那樣的前途加後路皆茫茫然呢。我想回頭跟她說，不如牽車一起往前走走看吧，才回頭，看見她殷殷期盼的目光和姿態，我立刻又往前多走幾步。

此時真正的男人出現了，這青年可是古道熱腸，而且絕對清直。他開車經過，停在路邊，等他的女友買東西。我厚著臉皮跟他說明狀況，他二話不說，跟女友交代後，邀我一起坐上車，直奔加油站。

青年亦不是在地人，我們車上聊開，他知我在走路後，突然嘆了口氣，我以為他要說我吃飽閒閒沒事幹，然他竟說，他早就想把工作辭掉，而且環島走路一直是他的夢想。他很高興原來這可以不只是夢想。

到加油站，青年把車上的寶特瓶裝水倒掉，加滿了汽油，堅持他來付錢。我們一起回到那大馬路邊，我下車，他的女友上車。青年問要不要搭便車，我謝謝他，說還要繼續走。他和他的女友與我揮手道別，車跑遠了，我卻忘記問他的名字，也沒記下車號，只能默默感謝他們。

小綿羊吃了油，微笑的發出愉快的聲音，更燦爛的笑則屬於Marguerite。當然她不會知道我在心裡笑得比她還開心，因為此時我突然看見前途和後路盡是一片光明。

她拿出鈔票要付油錢，我比著開車的手勢，說真正的男人已經開車離去。她那清亮的雙眼看得我心惶惶，我比出倒著的V字，兩根手指前後擺動，告訴她我也得繼續向前走。

走了，甚至不敢回頭看，雖然很想問她，為什麼會來到這裡，一個小島，不下雪的小島，是否在小綿羊拋錨時，突然想起故鄉那冰封的湖面與街道，是否想起冰刀或雪橇划過冰冷時刨起的晶亮的雪，我看見在她眼中含著的一滴淚珠。

Marguerite，她不會知道在此地，戴著高層或知識分子面具的人類，其混亂褊狹的意識形態中，我隨時有可能也是異鄉人。如果不是另外一個清直的異鄉青年拉我一把，我們怎能確認彼此不是異形，而是同屬地球居住的人類，具有相同的情感。Marguerite，在這小島，不管你是路過暫停多久，希望你也能找到這樣的歸屬感，就像在別的星球遇見地球人，不管從地球哪個角落來，長得什麼模樣，就同是故鄉人，不是嗎？

後來的後來，我無意間看到一則報導，說南部某個遊樂園區邀請俄羅斯技藝團駐台表演歌舞秀，他們住的宿舍附近，一些居民埋怨但不無欣快的說，那些女團員作風太大膽，就在宿舍旁的草地脫光光曬太陽。

這當然是兩碼事，但想到原來Marguerite們適應得很好，而且沐浴在小島充足的陽光下，鮮花朵朵，盛開。莞爾加記之。

〔走路札記〕

・上茄苳，剛進台南。距離後壁三公里，新營十一公里。

・嘉義車站到後壁車站，23257步。

・島上黃皮膚黑眼睛黑頭髮的都不是異鄉人。有時人們用族群用國別來假裝是異鄉，剛好又可以內鬥。

・人跟樹跟花不一樣，人的青春只有一次，而老樹開的花甚至比嫩樹的更亮更麗更鮮。走路讓我的心轉變成一棵樹，事物的凋落是為再生的燦爛。

詩

之前提到，我的走路是有些關於詩的寫作，但其實在走路過程裡絕少浮現詩的念頭。不管是外在或內心，眼看耳聽的，心海腦際盤旋的，總總物事片刻即去，在運行中毫不停留。

當然並非一點不剩，會有那麼細微的像煙塵般的情感駐停心靈，經過累積，一點一滴，突然由於什麼的觸動而產生了詩意。而詩意還不是詩呢。詩意只能自己領會，偶爾說給人聽，說得好，便會讓人有詩的感動。要是自己覺得是詩，告訴別人，結果別人卻一點也沒感覺到詩意，那只能說是具有詩的衝動。

走路確實常常被許多什麼的觸動，想將心靈積累的部分記述下來，那本該是詩，本該讓人覺得頗有詩意，但依我能力被寫出來的，往往也只達到衝動而已。

我不自量力地描繪接下來的這段路，是關於我置身的一首詩的場景。是無意中闖入，就像走路，自由自在，誰能預料踩到黃金或者狗屎。

離開小綿羊和它的主人，我繼續往前走，不久天色就漸漸昏朦。因為吃了退燒藥，加上來來回回的折騰，想早點休息，看到路標下個地名叫隆田，心想這地應能歇息吧。我本以為隆田是被打了存在與虛無兩顆子彈那位總統的故鄉，走到了以後，才猛然發覺錯誤，他是何等高官，他家應該在官田。但將錯就錯，心中還是打定主意停下腳步。

這樣的小鎮跟我到過的無數小鎮一般，簡單的幾條大街，三十分鐘定能搞定住宿的問題。我猜得沒錯，才繞一圈，就找到三家大旅社。

問題是，我沒有勇氣踏進一步。

不是因為大的關係，在所有的小鎮的旅館中之所以要加上大這個字，是因為怕人說它小。這是很簡單的道理，有人說美國或者俄羅斯或者哪個大國的總統叫大——總統或大——統領的嗎？大了就自然不必說呀。

也不是考慮價格的問題，通常小鎮旅館作風樸實，即使假日或節慶也不會哄抬價碼，況且我連問都還沒問呢，雖然詩場景中的女主角們不斷地向我招手。

那純粹是我自己的問題，因為我知道就要走入接近詩意的場域，心中帶著點哀愁的預感，也夾雜著莫名的驚懼。「有些詩句像某些美麗的女人，在她們身上融匯著獨特性和正確性。人們不把她們加以界說，而只是愛她們。」這是波特萊爾說的，而我要進入言說的恰恰與之同流，只是主客異反。有些女人像某些美麗的詩句，在它們身上融匯著獨特性和正確性。人們不把它們加以界說，而只是愛它們。

這種連結，如果由男性刻板的，像網路上那樣的投票統計結果，一定會選出林志玲啦、蕭薔啦，這樣的女主角。而我所指的這些在詩場景裡的女主角們，剛吃過晚餐，圍坐在旅館櫃台前的矮凳上閒嗑牙。她們濃妝豔抹，袒胸露乳，可能只獲得我一張票，但她們一樣擔得起這種高貴的修辭。

完全沒有誰污衊誰的意思，也不是諷刺，當詩人進入詩中，揭露表面那層朦朧的詩意的美，接下來要展現的就是內在的美，在那裡美是殘酷平等的，像造物，醜惡，良善，可以想到的任何，都可能是美的組成。既不頌揚惡，也不標榜善，唯獨要做的是用手藝將它們提升，觸碰形而上的境界是不可多得，摸到心跳也是公德一樁。總之不能不食人間煙火，像網路投票那般憑空捏造。

好了，說這麼多不詩意且不食人間煙火的言詞，很難讓人進入詩呢。回到小鎮，我仍在街路上徘徊，舉棋不定。這一路什麼樣的破爛旅館都待過，通常就是窩一晚還挑什麼挑。現在卻三心二意，越拖越晚，白白浪費休息時間，於是下了決心探探看。

我很大方的跨進其中一家旅社，裡頭的女主角們也毫不客氣從頭到腳把我看一遍。

「老闆娘，我要過夜，」我對著櫃台說，特別加了一句強調：「就睡覺而已。」

老闆娘臉帶笑意回應：「你不用說，我知啦！」她知？她知道什麼？真令人顫慄，特別是我還聽見女主角們咯咯地笑聲。

「我很累，真的只想休息，……可不可以看看房間？」

「免看啦，攏同樣，就是睡，翻來覆去還不都在一張眠床，沒什麼差別。」

我說是要確認乾不乾淨，但這聽在老闆娘耳中一定是笑話，我不是太理想化就是太白目。

老闆娘喚了個女主角，叫阿春或珊妮什麼的，反正我已經昏頭，就隨她上樓去看房間。

這方面的社會經驗我可能還是太嫩，雖然一群男人聚在一起總是會聊些關於發生在此類賓館狎玩的經歷，特別都是發生在當兵階段那時期，好像誰都去過一樣，沒去也得裝懂。而真實的面對，與阿春上樓，準備打開房間，雖然我真的只是為了睡一覺，但我的緊張應該是連階梯都知道，不然它怎麼會賞我一個踉蹌，差點狗吃屎。

「你還好吧，看你臉色是不太舒服的樣子。」珊妮打開房間，轉身關心。

「還好，我只是有點頭暈。」我站在房間門口考慮要不要進去。

「那就住下來休息吧，看你真的是累了。」泰麗莎微笑地看著我。

「我還是先看看好了。」我雖然說，但沒有移動腳步。

「好啦，沒勉強，……進來呀。」越娘見我呆立，向我招手。

為了……為了，為了詩，我跨進去。

詩原來是那樣真實與虛幻快樂並痛著的把心揪起放在眼前看著它跳動。

而如果有十個人能理解詩，我猜此刻在我眼前的白詩瑪，這個不拒絕善也不拒絕惡的女主角，一定會是其中之一。

這房間不到三坪還隔間浴室，單人床，卡妮可娃坐在花色床單上頭，床立刻傾斜了一半。如果我跟著坐在一旁，印霓躺了下來，那地球就能維持平衡嗎？

無法說它不乾淨，如果不要呼吸，如果不要心跳，如果不要觸摸，感官只存眼睛，這地方算是具有焦距對不準的模糊的潔癖感，燈光暗紅，照在瑪來雅脂粉暈開的嫩色臉頰。

「免驚，住下來吧，我看你不是假惺惺的人，不會吵你。」女主角的胸口像海浪般搖晃。

沒有色情意味，真的沒有，而女主角的殷勤勸住，只是心存一絲希望，因為人客實在太少了。我看著女主角，心情已經沒那麼緊張。她比林志玲還小，樓下的姊妹也不會超過蕭薔的年紀，但她們連一票都沒有，雖然辛苦付出是一樣多。

有多少這樣的女主角們身處島上，她們從世界各地來到台灣，就在小小的房間內展演她們青春的魅影，每一票男人投在她們身上的都是真實的戳記，不是看電視看照片不食人間煙火般的對著幻覺投票。

那當然是幻影，雖然我知道那是真實。就像在我眼前的女主角是真實，但是幻影。我是可以跟她們躺在一起的，躺在同一張污穢也好，聖潔也罷的一張床，因為我並不比她們高貴。然後我會聽見歡笑聽見哭泣，當她們不在身邊，我安穩的沉睡，我知道夢裡會輪到我掉眼淚。

在這樣狹小的空間，每天要完整地運作送往迎來，不是有寫詩的技藝是不可能達成的。不然她們怎麼生存，在這樣劣瘠的土地上生存，人被扭曲，被污黑，被人推來推去，像電視常看到的畫面，警察帶著記者拿著攝影機，為人民報導真相，衝進也許比這裡還大的房間，女主角們光裸的身體打上馬賽克，尖叫或沉默地躲在角落，甚至她們連「不要拍」的中文都還不知如何說。

如果不是有詩的意志，誰還看得到明天的希望。

當然我們小島上的詩人是不會認可這樣的想法，他們需要的是主題、意象、技巧，與看似不可高攀詰屈聱牙的文字風格。這多像螢光幕上的林志玲呀。島上的詩與文學，已經堆了多少這樣故作詩意的錦繡，加蓋了富麗堂皇的樓閣居住在那裡，連純欣賞都要求甚高，喔——懂了，所以才說，審美，要有距離。以前詩人說我為美而死，現在詩人與作品是美為他而死，有這樣偉大的詩嗎？

我真後悔我的走路還要帶著詩的目的，真是殘忍，真是自找麻煩。

現實要提升為詩是多麼的不容易，我以為的詩意浪漫，在別人眼中可能是苦難，而我以為的別人的苦難，其實大夥習慣樂在其中。

自從走路有了這個目的，總覺得心頭不能輕鬆，但經過這天，近距離的看到女主角們為了生存展現關於生命的最低層卻是靈魂的最高級，那我還有什麼可以困難，可以抱怨的呢？

我決定離開，這裡不是我能褻瀆的場所。

她們目送我到門口，說若是找不到住的地方，歡迎隨時回來。

我謝謝她們，轉身離去。

夜更黑了，我往黑裡走。

詩是生存。

〔走路札記〕

‧過一號省道300公里路標。

‧看著前方的夜那樣的黑，黑成那樣的夜，不知還有多少夜多少黑看不見。

‧旅社，湘源，龍門，隆田。就像黃春明小說的場景，但她們那樣年輕，那樣，那樣，那樣……

・現在社會連溫情都沒了，只剩絕情，我還需要去加深那樣的冷漠以對嗎？冷眼旁觀，剖析社會，我更想一起在泥巴裡打滾，試著看看我們共同生活的爛泥裡，有沒有可能種出一朵蓮花。

無論如何漂流，時空如何摧毀生命，所有的地都不被應許，所有人都是陌生人，所有喜愛的詩被放棄閱讀，身形與心靈徹徹底底被拋擲在宇宙虛空中，但我不是異鄉人……

春天的吶喊

前次秋末行程因身體不適折返，再起步時已經是翌年三月，好春光。

搭早上七點整國光號，台北到台南，下交流道即是一號省道，請司機讓我下車，才十一點四十分。繼續走。

遇奇美醫院，停下腳步，趕緊穿上護膝，但沒帶加長型防彈衣，感覺肚皮涼颼颼的，一摸，還好是汗。流汗總比流血好，沿途沒人放鞭炮。

秋天適合走路，春天也是，後來夏天也走，冬天應該也很棒。永康往路竹的方向，334公里處開始，中央分隔島上小葉欖仁新芽初探不久，細葉如翠玉，蜿蜒數里。這是我最喜愛的樹前三名，以前上班地方附近的學校外圍也種了一大排，我總是從十樓樓梯間旁小小的窗口望著它們在風中搖盪。

如今它們看著我，應該還記得我吧，一年前的我，是呀，原來已經離開工作無所事事快一年了。

一年可以發生很多大事，至少天天會有頭條新聞，然而對我而言，沒什麼事發生，如果有，那就是走路。仔細想來，這樣離群這樣不事生產，還要告訴人家走路這樣的無聊事，簡直廢人一個。幸虧，除了我太太和幾個酒友，特別有兩個小說家，他們沒把我看成異形。

一個年紀與我相仿，認識很久，但我才第一次去他家裡，我跟他說接下來要開始走路，沒多解釋。他看著我，只說了一句話，好棒喔。我知道他是真的那樣認為，完全知道是怎麼一回事。他不知道已經有多少人看著我，他們是說，為什麼。

另外一個認識更久，連她家都沒去過，甚至交談不超過十句，十年來在不是刻意安排的情形下，三或四次碰著了。她更簡單明白，多久不見，捎來一信，「不放棄，也許有一天黃昏，我們會在省道樟樹右1178的樹下擦身而過，一句話也不須交換。」

他們不知道也許知道，我是多麼感激他們的明白。走路。漫遊者，胖胖人渣，那風多麼清涼。走路人。

如果每天發生的報紙電視新聞頭條真的那麼重要，為什麼我只剩眼前的這排樹。如果所有縈繞身邊的，工作，愛情，遊戲，電玩，爭吵，世界，那麼多那麼重要，只是用來互相損耗，樂觀一點用來生活的繼續，如此而把路上的美好遺忘，我想了一想，除了閱讀還是跟樹打交道實在些。

繼續走，336公里遇關帝廟。四棵大榕定坐四角，幾乎就把整個廟埕遮蓋，擋去烈日與煙塵喧囂。

仁德鄉過二層行橋即高雄湖內鄉。穿幫妹檳榔攤應徵西施姑娘，芒果樹家門前結實纍纍，桑葚在路邊熟透紅到發黑，橋下溪邊垃圾堆裡圈圍著二、三十隻浪狗兄弟姊妹，人群踩踏寸草不生的廢耕農地上流動夜市天未黑開始擺設點燈就昏黃了半邊天際。

仍有春秧一片綠油油，我看到最美的剪影在夕陽紅光中，是農夫彎腰的身形。有米作樂苦中，無米苦中作樂。

家庭內，螺絲加工，成衣加工，阿婆阿嬸阿妗阿姨表姑表嫂，主婦們隨時都在加工。

傍晚抵達路竹車站，逛小鎮，搭火車到岡山，又搭一次到高雄，睡覺，醒來，繼續走。

捷運正在開挖，繞路許久繞不出都市迷宮，一隻浪狗尾隨我也想逃出去，最後放棄，夾著尾巴回頭。

春天越來越燠熱的島嶼南端，我在走路。

想要吶喊。聲微弱。

〔走路札記〕

・台南永康到高雄路竹，23475步。半天，26642步。

・最喜歡走在小鎮傍晚時分，景物的美醜變得不重要，純粹是空氣裡充滿恬靜祥和的氣氛，令人安心。

・這一帶可能軍營多外勞多，許多旅社都是做黑的，還標榜越南風情。小姐們看來不超過二十五歲。

・寫詩？寫什麼呢？我連一塊泥土的芳香與溫暖都無法描繪，何況再加上風，加上雨，加上一顆種子發芽，多簡單又多複雜的技藝呀。

最好的時光

過鳳山，走上一戊省道，再接回省道一號，往屏東。八點四十一分，偶然抬頭，天空的雲像魚，魚肚白鱗片光線閃耀，刺眼。我低下頭默默走路。

遇高屏大橋，想攔車過橋，剛好橋頭是紅綠燈，等了幾次紅燈，卻沒有一個駕駛點頭答應。後來終於搭到小貨車，順利過橋，下車時駕駛阿伯對我說：「少年耶，我被你嚇到了你知道嗎？」我問為什麼，他說：「以後不要說過橋啦，大白天的，我還以為是碰上什麼不好的，還好看你背包上掛著媽祖的平安符，才敢載你。」

原來如此。在南部這裡，我碰見人都講台語，台語的過橋，其實是牽引亡魂過奈何橋的意思，難怪那些駕駛一聽我說，眼神都怪怪的。希望沒有嚇到他們，我最多就是個失魂落魄的走路人罷了。

繼續走，十一點零一分，經過399公里路標，停下腳步。右方一條鄉村小路，有個破爛指標往「歸來」。

我笑了，無聲的微笑，嘴角上揚。

二十年前，是呀，都已經可以說著這麼久以前的事的現在，簡直不可思議。二十年前，我去林邊找一個高中死黨。那時我們都在準備重考，許久不見，只靠通信聯繫(二十年前人們還寫信)。沒有事先通知他(二十年前我家沒有電話)，帶著信上的地址，搭巴士一路來到屏東再轉車，也不知道該在哪站下車就隨便下(二十年前還沒有十七省道的車，更沒有國道三號直接到林邊)，下在哪裡如今也模糊了。

下了車，開始問人，人們給我指路，又問人，又指路，這樣在這塊陌生的土地繞走超過三小時，連林邊的地名都沒碰見。

是那樣多愁善感青春當熾的年紀，十九歲，在一個陌生的地方迷失方向，迷失未來，迷失自己。那時早被現在看來一點也沒什麼了不起的升學壓力壓得喘不過氣，然後我看到了一個地名，歸來。彷彿是個真實的擁抱，等待著我，等待著遊子，才只看到這樣的地名，就得到莫大的安慰，我的心平靜了下來。

傍晚時，我找到高中死黨的家，但他竟沒住家裡，他住屏東市，在那裡補習。他父親母親才第一次見到我，像親人，準備豐盛的晚餐款待。他們說已經通知他了，不必著急，要我安心住下來。等我吃撐了，我同學才騎著摩托車趕回來。我們坐在庭院裡聊天一夜。

隔天，他載我到屏東市，不知他是蹺課還是請假，我們去看了一場電影。「童年往事」。我還記得電影的旁白說阿婆在找一條回家的路，而我坐在黑漆漆的戲院裡早就已經淚流滿面了。

是個路標。歸來，是有形的路標。童年往事，是看不見的路標。

誰不是在找路呢？那樣摸索著真實的或無形的地圖，循著路標一步一步向前走，有些路標是特別的，有感情的。或許是指往戀人家的路，或許是指向失戀分手的那棵樹。或許是往祕境，譬如象徵的文學之路，人生之路，那個路標，曾經讓生命做一個美麗迴旋的指標，曾經從今而後讓未來生活在不同世界的指標，誰都不輕言放棄遺忘的呢。

我就是在那裡，轉了個彎，決定未來的路途。

寫這篇文章時，我已經看過電影「最好的時光」，不知道人們如何對待，我是光看到鏡頭掃過的每一個路標，就已經是最好的時光了。每一個二十四分之一秒滑動的影像皆在我眼中定格般的不想跳到下一個，每一吋光線都捨不得的亮開無聲的位移後淡黑我瞳孔放大還想再多一瞬間，而那樣簡單精練指標不移不動的默片對白字幕，就把一個無聲卻最動聽的時代標記下來。

凡是在路上走過的人都會知道，那真的是最好的時光。

接下來，不是爆發就是敗壞了。

二十年前，還不知道會這樣的爆發，而後這樣的，敗壞了。

〔**走路札記**〕

・如今每個市鎮都變成一個樣，一樣的店名，一樣的貨品，一樣的遊戲，連檳榔攤西施的穿著，都是標準設計，差別在於穿不穿內衣。這樣走，很容易就進入倦怠。

・這麼奇妙，因為走過，雖然遠在二十年前，路竟然就會生出二十年後陪伴人的情感。難道那時已經開始想念了？

・繼續走，就真的離家四百里。400公里處，過去了。再走，風景轉變，成排成排的田園，椰子樹，檳榔樹，搖曳生姿。經麟洛的高屏椰子集散批發地，一位打赤膊看來不好惹賣椰子的大兄見我在拍照，問我哪兒來，我說北部，問我哪裡去，我說往南，怎麼去，走路。說話之間，他俐落地剖好一顆大椰子，端在我面前。他說沒什麼可以送給出外人，只好請我喝椰子水。我一定要付錢，他一副這人真囉唆就要生氣。我喝不完，他裝瓶要我帶著。我能說什麼，陌生的世界又多了一個路標。

・靜美的時光，靜美的小鎮，靜美的潮州。小旅館內，設備不新穎，但乾乾淨靜。陽光穿透玻璃窗照射入室，熙和燦爛，這是傍晚時分，大地的魔術時光。整個小鎮，整個空間都因而散發出柔柔的波浪般的光暈，置身其間，感動無比。那樣純潔安靜的風吹動窗簾，空氣裡飄著清新塵與土的味道，我坐在窗邊的籐椅上，不能移動一絲一毫，感覺如有神靈在照拂我的內裡，平和，澹然，無思。

晃盪的路途

六點從潮州出發，卻走上一八九縣道。

雲層濃厚，適合走路，但擔心會下雨。何況今日出發後，心裡不無盤算明後天要往南迴公路走，雖然那是未到的行程，還是怕雨壞了計畫。

搭客運車想回省道，一會兒車上陸續上來佳冬農校和枋寮高中的學子，將車廂擠滿。車繞行十七號省道還不知會岔去哪裡，趕緊下車，往水底寮走，因地圖上一號省道和十七號省道在此交會。

沒錯，從很遠很遠的地方，十七號從台中，一號從台北，各走各的路，各過各的橋，經過272.8公里和437公里後，兩條路碰著了。一號繼續往前，而十七號已走完它的行程。

我也暫時停下，往水底寮社區裡走。市場是新建的，包括外圍的幾條街巷擺滿了攤位，一些老婆婆花白的頭髮束著一張乾淨堅毅的臉，擔著自家種的菜蹲在路邊就賣起來。我看熟食不多，往回走不久，無意中聞到了陣陣香味。

就在建興路人家的屋簷下，一攤賣早點的小吃，熱騰騰的蒸氣直冒。走近看，賣的是傳統食物，只兩種，碗粿和肉粽。碗粿擺在玻璃櫥櫃內，排排整齊青色粗瓷的碗盛著，頗具古風。叫來吃，食材配料極簡卻道地，Q嫩爽口，不沙不黏，用的鐵定是自磨的在來米漿而非現成粉末。添味的也不是加工好那種死鹹或死甜菜脯，而是原味蘿蔔香氣十足顏色較深的老菜脯。吃完，忍不住再嚐肉粽，幸虧嚐了，不然要後悔一輩子。

自從二十多年前老祖母過去後，我就再沒有吃過這麼好吃的肉粽。一點也不誇張，走路變成回味之旅。

這肉粽特別的是用月桃葉包裹的。以前只有在吃紅龜粿才有的月桃氣味，沒想到竟也可以搭配粽子。一入口，香氣溢滿唇齒，接著糯米甜味浮上來，非大口再咬不能甘心。裡頭一塊讓米粒更形滋潤的三層肥肉，亦遵古法先調製炒過才入餡，實在近乎完美再無所求的一顆肉粽。

吃完，我跟老闆娘說，太好吃了，她笑得很開心，但謙讓地回應，說大概是我太餓了，餓了就什麼都是美味。

當然不是這樣，是真的會讓人一路懸念的特殊風味呢。原本吃飯只是應付肚皮的空虛，現在則精氣神飽滿地繼續向前。

然而好心情維持不久，因為陰雲更彰顯了，整個天空灰沉沉。

路邊有農民擺攤賣蓮霧，黑珍珠，黑鑽石。也有在公路旁的蓮霧園邊搭舍寮，採收一籮籮的蓮霧，分級包裝忙到不行。

海出現在公路右邊，路也就開始傾斜搖晃。在加祿停下，這小村在山與海之間，才多大，十步看海，百步入山，像是不存在的白日夢，一眨眼就會消失般的恍惚光影。

我坐在海濱漂流木上，看著向陸地彎圓的海岸，浪濤此起彼落。整個是扁石灘，是扁不是圓，每一顆都可拿來打水漂。每當海潮打上岸，叮叮噹噹的推擠往陸地，接著又嘩啦嘩啦滾落海洋。

靠山的一邊有鐵路，連接南迴線。沿著小路，經過一棵大榕樹下的土地公廟，再經過幾畦菜園與瓜田，就到達車站。車站的建築很大，但其實是小站，每天只有四班車停下，往南往北，早上下午各一。人就更少了，我猜一天不會超過四個，比火車班次還少。

我在站前廣場聽整個小村靜默的聲音，遠方傳來火車汽笛的鳴聲，火車快速地經過，過站不停，突然心中有點淡淡的哀傷，但我知道那是接近幸福的，幸福的不易察覺的時光。

〔走路札記〕

．走到加祿，天氣更加壞了，風大，雖還沒雨，但陰冷襲人。

．還是沒到隨遇而安的心境，心中掛念不知接下來往哪裡去，步伐亂七八糟，路途晃盪。

．普通車，南下7:48，15:09，北上8:50，17:16。

迷茫日魔幻夜

除了往故鄉那次，接下來的走路我並沒有設定目的地，只有簡單概念，就是沿著道路往南。走到屏東，省道一號可見就要結束了，我不只一次攤開地圖，用手指丈量著地圖上南迴公路楓港到達仁的長度，與比例尺對照後，心想應該可以一天走完，如果一早從楓港走的話。

人算不如天算，尤其走路，不該規劃太多。

還沒到枋山，就下雨了，原來一直擔心，真的下了，反倒放鬆許多。雨雖不大，但已不好走路，搭車到楓港，下車，雨卻停了。

此處是一號省道461.547公里，道路的終點。原本預期會有激動，卻異常的冷靜，看著另一條道路從0公里往前延伸。那樣走不完的路，那樣有限的腳步，我才認清自己不是冷靜，是沮喪。

爬上港邊的海堤，沉默著。沒有風景，沒有海浪，沒有天空，沒有回憶，什麼都沒有的心思，空盪盪。走路前，以為什麼都沒有會是自由，如今這自由在面前卻是難耐。或許我已經習慣作為一隻關在鳥籠裡的禽類，翅膀早不能飛翔。

之前雖然有過困境，但大都屬於身體的，這次卻是結結實實的心理低潮，我對走路失去了信心，不知道這樣走的意思在哪裡？又該如何對待？詩呢？不是還有詩待完成，而它應該描寫什麼？描寫我所見太多已無法挽回的剎那，描寫島上四處散播的對立分歧，描寫此時此刻一堆人群無所適從或乾脆放棄的心靈，可是我甚至連描寫愛的能力都失去，如何去化解恨與憂傷呢？

難道最終連詩都要離我而去，那我如何甘心呢？

勉強自己再起步，不想讓心志趨向軟弱，於是往南迴公路走。真是可笑得很，我走不到一千步就退下來，完全失去挑戰的勇氣。沮喪好像一個漩渦，將人吸入更深的沮喪，我看見自己內心凹了一塊大窟窿，黑洞，連光都陷落進去。

那是什麼？那是我一直無法面對的自己，那是平時被掩蓋隱藏卻在走路時突然顯現的，心的罪惡感。過往每一件有意無意對他人的無情與傷害，此刻全部面對面譴責著我。我曾對不起兄弟，我曾對不起朋友。這是真實。我曾在他人需要援手時，冷冷地視而不見，我也曾聽見別人哭泣著，心裡卻不見悲憫，我也曾跟著他人一起嘲笑輕蔑我所不理解的另一個他人，而我也曾用充滿猜忌聳動的言詞故意去撥弄挑動是是非非。這是真實。我覺得自己變成走過的路，路上所見這塊土地上的不堪與自私，我對不起跟我一起生活在島上安靜幹活的人們。這是真實。

完全沒預期去面對這樣的我，這也是在路上的考驗嗎？

非常非常嚴厲的考驗，我呆坐在公路旁的人行道上，四顧茫然。我知道那是心的鏡影，而就在它的對面，我身處的世界正一步一步把那黑洞挖得更大。我嘲笑自己真的太自不量力，竟然想選擇承受，可以逃避掉，假裝什麼都沒發生的。

我把手機的電源打開，想打電話告訴我太太，說不走了。還在猶豫，電話卻響起，正是她，她說就是突然覺得想打個電話給我，沒想到真的打通。我把走南迴的糗事告訴她，她說不要急，下次有機會再走走看。

她建議我先把走路的事忘掉，既然已經到楓港，就該放鬆點，何不去墾丁休息一晚，當作度假玩耍。

好像冥冥中自有安排，她的建議開啟了另一條路，我往島嶼的南端走去，而在那裡，我找到了心的與世界的聯繫。

・這算什麼行程，以走路為目的而言，已經不像在走路，沒有連續感，走路的意思在哪裡？走完一號省道，心就茫然，又無法下定決心走南迴。

・黑夜來了，一輛轎車在我前方停下，等我走近，駕駛招我上車，一路到墾丁。謝謝Y92106的年輕人。

・沒想到會是這樣的魔幻夜。晚上十一點，睡不著，到民宿樓下的酒吧。非假日，吧台就我一個，其他也只兩桌客人。不久其中一桌離去，另一桌五個人說著日語，本來吃喝正常，突然就跟老闆借場地，他們想在這裡拍ＤＶ。我這才好奇看，四男一女，女的漂亮穿得很露，男的猥瑣看來很色，這不會是……？沒錯，應該是拍「海外」流出版的那種情色影片，只是不知道尺度如何。女優開始在小舞池內搔首弄姿，男人拿著ＤＶ貼近她的臉，她的眼睛，她的唇，女優揭去一層衣服，更露了，ＤＶ貼近她的肩，她的背，她的乳，她的臀。我坐在吧台，與他們距離不到兩公尺，左閃右閃，怕一不小心入了鏡。很超現實。一點都沒有慾望的女優的眼睛拚命想投射出慾望，我在那裡看到了孤寂。更魔幻的還在後頭，突然有個年輕美眉出現，我心想酒吧的門都已經半掩了，街上商店也已熄燈，竟還有客人來？她直接就在我身旁坐下，我立即明白那是什麼。我的眼神有那麼孤寂嗎？一個男人就不能孤單的坐吧台只是喝杯酒嗎？她想幫我點菸，我撇過頭去看著女優，不解風情的對年輕美眉說，很超現實喔。她沒放棄，繼續坐著，說女優他們早上關在觀光飯店房間裡拍，大家都想知道他們在拍什麼。我沒回應，怕說了話會造成誤解。最終，她失望的離去，但這不能怪我，因為這個夜已經夠孤寂了，我不想讓它更孤寂下去。

來

是個路標。歸來，是有形的路標；童年往事，是看不見的路標……我就是在那裡，轉了個彎，決定未來的路途……

台灣最南邊的海

睡得飽足，九點才從民宿出發，打算去鵝鑾鼻走走，然後就回台北。風相當強勁，夾帶一點點的雨，把背包轉過來掛在胸前抵擋，但風仍穿透而來，身體顫抖著。走了十分鐘，轉入海邊小徑，想去摸摸海水。

才到沙灘，便遇見昨晚那場如夢幻場景裡的女優。她有些狼狽，因為風大，可是拍攝需要，只穿著三點式的泳裝，在沙灘上奔跑。跑完又應要求，在沙灘上滾動，身體沾滿了泥沙。我看見女優發抖得很厲害，臉上的笑容卻職業性的綻開。

不想摸海水了。

繼續走，二十六號省道，走得慢，因為到鵝鑾鼻距離很短，怕一下子就走完。遇見一個外國家庭，四個成員加嬰兒，他們一身專業的走路裝備，嬰兒由男人掛在胸前，是純粹在走路。在台灣走路的人，難免被視為獃子或傻子，而國外其實有許許多多的走路團體，他們不只把走路當成運動，而是類似瑜伽那樣的靜心與開發身體靈性的活動。

走路以來對靈性這方面我倒沒有刻意的探索，但總是在面對風景，或者路上遇見的人們，或者單單只是天空中的一片雲，突然與它們產生一種聯繫感，不是智識上的，非語言的，而是內心直接的交流。

譬如，突然就體會了一棵樹。從盤錯的根部慢慢地往上審視，表層的樹皮就像人的肌膚，有粗有細有紋路，摸著它感覺裡頭的血液流動。它也會興奮也會害羞，搖晃著枝頭上的葉，或者安安靜靜的吐納呼息，散發出它獨特迷人的氣味，要人記住，要人親近。

我漸漸相信所有的生命都是相通而連結成一個生命。以前雖也這麼認識，但從來沒有體會過這樣與一切生命共有的時刻。山是你的脊椎，你是山的支脈，池塘裡的水晃動，你是水波浪影，你心噗噗跳動，池水就漣漪層層。這不單是文字的形容或比喻，而是真確的萬物同在。除了走路，我只有在寫作入神時，體會過這種片刻，廣大而清明的事物的核心。

我也漸漸明白昨日在路上那樣突如其來的內省，壓得讓人喘不過氣來的罪惡感究竟為何，那是因為個人的生命突然連接了萬物共同的大生命，所有的悲苦與罪罰便感同身受了。「我」走過的路，「我」踏上的地，「我」的島嶼，「我」的世界，這個「我」，並非只是我。是你，是他。我的痛，你也是這樣承受著，你的苦，他也靜靜分擔著，他的罪罰就是我的罪罰。我們是一個大生命。

大生命既然給人如此懷憂喪志的景觀，但它也不吝嗇展現巨大包容與寬廣的風光。

我(是你也是他，正跟我一起走)走到鵝鑾鼻，二十六號省道40公里處，轉進國家公園，爬上高台眺望台灣南邊的海域。

這種美麗是無法抵擋的，帶著顫慄，帶著嘆息，全然的臣服。

太平洋的水，台灣海峽的水，巴士海峽的水，三道洋流在此交會。光與雲投射的陰影於碧波中起伏，顏色深淺不一的海平面激盪交織迴旋，和諧的聚在一起，又各自分流。

我站在高點，看得入迷。

這一幕，大自然所展現的啟示，帶著平靜卻豐沛的能量流向我(是你也是他)的心靈。原來原來，這就是了。島上的人群已經習慣以河為界，以言語為界，以意識形態，以階級以利益，以信仰政治統獨地域為界，什麼都可以為界，什麼都可以劃分。應該回頭看看這樣的大生命了，如果你(是他也是我)站在此地，看見台灣最南邊的海，你會感動得不知所措，你會體會生命的律動與美。

下觀景台，往海濱走，新建的生態步道緊鄰海岸線，我凝望著遠方的洋面，拿出筆記本，寫了一段我一直說不出口的，我在走路無時無刻尋找的，我（是你也是他）想告訴一個人的，關於存在於心中的，愛。

撕下這張筆記，我小心的包裹後，將它藏放在公園裡。這是個時間膠囊，如果你也去到那裡，不經意地發現它，看完後，請把它放回去。

給下一個人，給下一個海洋，給下一個自由的心靈。

〔走路札記〕

・觀景台上來兩個年輕日本男女，他們突然看見那樣的海，「啊！」的一聲，再無言語的被海定住視線。

・埋藏一個時間膠囊，祈禱它永存下去。許多年後當我遺失了自己，忘記了愛，我會回來找尋。見證。

一條公路走到底

——遠古心靈與原始筆記

一棵樹隱藏著什麼？扎在地底的根有多深？月亮光潔的背面是什麼？隕石坑裡有多暗多冷？海之後是什麼？洋流漩渦會捲去哪裡？人臉喜怒哀樂表情幾多種？牽引心與靈魂的面積可以鋪天蓋地嗎？

我走在無盡蜿蜒的海岸公路上，風景在前。之後，我幾次回望，那裡凝結成一片透明的，我的想像探不到的景深。每向前走一步，它即以等比級數增生的景觀在我背後繁衍漫開。再也看不清楚了，當景深變成無限遠，我看到的空間僅剩下不能稱之為透明，而是無以名狀的時間之流。

這是第二次用走的走花東海岸公路，台十一線，所有的風景在我的視網膜間隔十多年後重複曝光，兩個殘像讓原本的風景更加立體，有時卻也更加模糊。再加上第一次是從台東到花蓮，這一次卻是花蓮到台東，我像在時間之流裡擺盪，感覺兩邊都是起點，兩邊同時也是終點，唯有自己定不出座標。

哪邊是左？哪邊是右？我迷路了，不是在現實的公路上，而是迷失在公路之後的密道，一條肉眼看不見的曲徑。

這次是什麼樣的行程呢？心情的確與前幾次不同，比較放鬆，內心不再壓著沉重的石塊。最獨特的是，這次的走路終於真正進入「無目的」感，連計畫都沒有，不再擔心該走到哪兒，睡在哪兒，一切隨遇而安。背包背了就走。

清晨搭火車到花蓮北埔，開始走，下過雨的街道清風爽朗。花蓮是一到達就會知道是花蓮的地方，空氣的味道，山霧嵐氣的映影，人的表情，一切都異於他地，無法替代，就是花蓮。接近市區，走華西街直通海濱，再順著海走自行車道。海中有三少年衝浪，在禁止戲水的警告標示下，那裡浪才大呀。接一九三縣道，抵達花蓮港一帶旅館，共四小時二十五分鐘。

預計明天接台十一線續走。

那時的我就走成公路，幾輛車，幾個腳步滑過身體，我隱約聽見地底下埋著一顆心臟，它在跳動，它具心靈之謎，我能感覺正在慢慢接近它，再幾步的距離就可探得與它溝通的可能。然而當我停下來想仔細辨尋方位，那心臟就停止跳動，我連遺失什麼都不清楚，只能傻傻地看著遠方路面，心想這一次它會逃到哪裡去隱藏。

瞬間，我明白了，只能在走路中才感覺得到這樣一顆公路的心，而它永遠在前方，一公尺，一公里，一百公里，一千公里，不管距離如何，就是差那麼一步追上，可停下來，它就遁走。那多像初戀情人的一顆心，那樣害羞，那樣撲朔迷離。花東海岸公路正是我最早長距離走路的開端，把純真的年輕情誼浪擲的這條公路，總是令我回憶再三。

夜裡三點，急倏的雨滴敲打玻璃窗，朦朧中在旅店床上翻來覆去，隱隱約約知道是夢，但不知何時，是過去還是未來，我又開始走路。清晨六點二十分，醒來，從窗口望出去，左邊是大海，海平面只露出些微灰藍色，右邊是山巒，雲霧氤氳繚繞，極美，極靜。車子輾過濕漉漉的街道，潮濕且纏綿，那聲音像思念在耳中化成水，轟隆隆開進腦裡的隧道，再轉個彎，鑽入胸坎。

上坡下坡起伏，濕漉漉的街道。

仍下著雨，撐傘走入雨中，雨下得更大，停在加油站，打工少年送我一件雨衣一瓶水，繼續走。

花蓮的土地會黏人，處處都是依戀，一步一停。

接十一號省道5公里，往海岸走。過花蓮大橋，爬坡，海天就突然敞開。

當我這樣走路，想著重複鋪蓋的柏油路面，如果向下挖，會挖到一枚戒指，那是一對戀人海誓山盟的互相餽贈，但有一方在一次旅行中，搖下車窗，將它拋棄在路面而後伏在座椅上先是低低飲泣著幾分鐘隨即狂嚎大哭衝到車門要求司機開門下車後拚命地往回奔卻怎麼也跑不到原點遂在公路倉皇落寞有一步沒一步地散走眼睛盯著路面直到夕陽西下明白終於向戀人告別千古惆悵也罷路仍繼續延伸而黑夜降臨哭吧哭吧哭吧冷還能再冷冷到失去熱情突然察覺入夜的公路路面散發微熱的體溫那樣地熟悉與親密。

那枚戒指已經化作公路的心，喔，真的告別了。

雖然另一方手上的戒指如今因指肉長胖再也拔不出來，甘心也罷不甘心如何不遺忘也能遺忘更難已經不在路途上了仍時時心中一條公路不斷增建拉長就希望能開鑿連通未知的山脈那邊會不會有一條路連接然而挖到一半說到底了到底了將這黑暗的深洞遮住吧不想不能不願不要那樣茫茫未知的路說不定還近一點誰知只有黑影跟著自己黑影也有一顆心呀。是需要回頭這樣尋找的，誰都會這樣做，雖然不知道為什麼，雖然路終究回到正常的方向往前去了。

此去也就無人。

坐在22公里處路邊十分鐘，數著，共有汽機車九輛經過，一分鐘不到一輛。

遇小雜貨店的老兵，從湖北來，已經八十二歲。開店近四十年，一本賒帳的簿子，記載滿滿。老兵喉癌開過刀，靠助講器說話，他說在軍中伙房殺了太多鴨，脖子一刀一刀割，如今算是命運的回報。

爬牛山，如牛爬山。

抵磯碕海濱，天色已晚。有小木屋的觀光旅館，停業，因為水管被挖斷了。再三要求，終於答應入住。空盪的小木屋區只有我一個人，一個人霸佔整個寬闊的沙灘。

還有星空。因為下過雨，又無光害，星亮透得燦爛輝煌。看傻了，這樣驚人密佈的星雲已多年未見，上一次是在蘭嶼島上看過。

小木屋就在海邊，一夜潮水湧動，漆黑一片的沙灘，迷惑人心。

夜裡跟管理人員聊天，他提供我接下來的路程遠近和住宿情報。清早離開時，他備好三明治要我帶在路上當午餐。

繼續走。

不斷有人把車慢下來等我搭便車，真是謝謝他們。

還是回來了。

這時方知世界曾經真有那種美好，就在眼前，卻是那麼的遠。不是起點與終點的距離，而是路的兩邊，始終往著兩個方向，最靠近的那一次只有一秒不到的時刻，那世界的美好真的有，我們擦身而過，記起來了嗎？

路是距離，是情感的漫漫，有人到站，有人繼續走。那裡有指標，小心落石，這裡畫著幾條寫意的曲線，會打滑，要進入黑暗的隧道了，有浪漫氣息，要開頭燈照路免得撞壁，轉彎記得減速，不可超載，當心孩童，前有叉路，慢，有斷崖，有吊橋，野鹿出沒，當心水牛，此路不通，天國接近了。

海岸公路起起伏伏，每小時走三到四公里最理想。

路邊有人曬稻穀，翻耙著，空氣瀰漫米香。

往豐濱。龍蝦兄弟住在公路旁不到十戶的小聚落，剛從田裡回來，全身沾滿了蒲公英的籽刺。我跟他們借水，清洗替換的衣服，烈日下鋪在鐵皮屋頂上，兩小時就乾透了。

屋簷下乘涼，他們告訴我，遠遠的海那裡，有三、四塊稍稍浮出水面的礁岩，龍蝦就聚集在那裡。他們兄弟合作，一人划船，一人潛水，每次總能滿載而歸。但有時潛得太深，超過電線桿的深度，鼻子就開始噴血，還是得小心。

因為豐年祭才回鄉，順便整整田地，平常他們是在北部大城裡當建築工人。

屋後有成排的椰子林，結果豐碩，卻不採的，反正不敷工錢。猴子幾十幾百成群常來造訪，山豬，山羊，山羌，下山覓食。

繼續往大港口走。

傍晚在石梯坪等車時，看見猴群沿山壁爬下，摘採人家的麵包果。兩個釣魚老伯也看見，說起來了。

「你看猴仔在那裡摘麵包果。」

「天壽喔，生吃，不怕吃死。人要吃，還得煮過呢。」

「猴仔又不是人，生吃不要緊啦。」

「也對。現在的人像猴仔，猴仔像人，人也是生吃，人猴攏同一款。」

那時的我就走成時間，路成為一條絲線，我將它繫在胸口，迎著風便飛起來了。公路不斷延長，我就被放逐到天空更遠。俯瞰著柏油路面第四層，那裡有一隻陷落的鞋印，忽然我看到自己赤足的雙腳。

燙呀，被夏天中午太陽曬熟的路面，冷呀，冬季裡清晨結霜露水濕涼的路面，我的裸足強烈的思念著，這條被遺忘的路。

都會過去的，都會飛遠。那沉重的腳步不管留下多深的印轍，當路面重新刨過，鋪上新的柏油，它變年輕，而我變老。本當保留當時青春體態與樣貌給這條舊公路，像把年輕的汗流在初戀情人的肌膚上，如今時間卻反轉，我的舊皮囊履踺在年輕拓寬過的新公路上，它會知道我曾經在它的第四層時間晃走過嗎？

清晨由靜浦國小出發，69公里處。

秀姑巒溪此時非常寧靜，幾株榕樹遮陽的候車站，涼風徐徐放送，有甜味的空氣醒人耳目，一路鳥聲潮聲。

已經沒有公路局中興號了，現在是花蓮客運和鼎東客運載送行旅。花客南下可抵成功，鼎東北上只達靜浦。

過回歸線不久，即花東兩縣交接處，一邊是豐濱，一邊是長濱。

有兩個少年，才國中，騎自行車追過我，他們由台北來，在環島，對我大喊加油。

停在長濱休息。便利超商外頭的餐區桌椅挺熱鬧的，幾個男人結束早上的工作，喝酒聊天，用的是母語，我一句也聽不懂，但可以感覺他們很快樂。一定有什麼樂觀的因子流在原住民身上，好像無時無刻遇見，他們總是開懷笑容，雖然現實生活中，過得比大多數人不如意，而且多屬勞動階層，但樂天知命。

垃圾桶裡最多的是保力達B，維士比，米酒三種空瓶。

又來了長濱國小少棒隊，一群孩童呼啦呼啦鬧不停。到他們學校，午休時間，教練規定一定要午睡，大夥遂躺在中庭磨石子地板上，我也跟著躺下，清涼無比。皮蛋小孩精力無窮哪能睡得著，教練一離開，便跟狗兒玩起來，教練一來，又躺回去假裝睡熟。熬過半小時，終於解放，又呼啦呼啦奔往運動場，展開練習。

公佈欄上貼著榮譽榜。

國小男生跳遠第一名，3米92。

國小女生跳遠第二名，3米70。

一百公尺短跑，男生14秒66。

一百公尺短跑，女生15秒55。

跳吧，跑吧，長大以後還要這樣笑這樣鬧，但酒可要少喝點。

這樣的話說給年輕的公路，能聽得懂嗎？開闊的四線道。

無數的旅人，浪遊者的腳步都埋在你青春表面的體下，你的內裡住著一個老朽，有時哀哀著過往已經全部遺失的物事，譬如一個路彎，一座山崖，一聽澗水，短橋，人家，還說炊煙，那均已杳杳無影蹤，黃鶴銜走。

這時方知世界曾經真有那種美好，一條公路可以那樣迂迴的走個半小時，回頭其實還望得到剛剛留下的身影，如今筆直暢快，三十分鐘即成天涯的距離。世界的美好真的有過，我們速度求快，因而錯過了。

路上曬花生，曬玉米。繼續走。

一輛光鮮轎車迎面而過，嚇了一跳，駕駛座裡一張慘白的面孔，不見五官，只有兩眼空洞，長髮飄逸。再走，想清楚，開懷大笑，原來是個怕陽光因而敷面膜開車的女子。

經烏石鼻港，海灣清美，光線澄亮。這裡有許多三十八年來台的山東老兵，約七十四年退伍後，即留住，與當地住民融居。他們坐在路邊門庭階沿閒聊，男人女人，鄉音原音，笑聲嘆息。他們要我休息一下，我便在他們之間落坐。路還很遠，他們說我今天是走不到成功鎮的。

席間與一位較年輕的男子言說，聊了關於走路，走路多好，走路開闊，走路如何又如何。他微笑著聽，接著有人開車來接他去哪裡，他站起來，一跛一跛的往車停的方向走。啊，不好意思。

花東海岸走路，被視為正經，健行也好，運動也罷，海天就該放開走，沒人覺得不對勁。環島車隊也有許多，甚至遇見三個年輕人從日本來，就來這裡騎車看海吹風逐日。

繼續走。

那時的我就走成海岸，日日夜夜伴隨公路，不斷迴旋盤繞的彎岬，海風苦苦。沿途所遺忘的到底是什麼？無人時路還在那裡嗎？那樣不停浪拍著岸，激情猶在，思念斷崖。

浪是荒野，岸是文明，中間落差是時光百萬年來的侵蝕。

荒野與文明競逐，交相穿刺彼此，血肉翻開，殘剩稍硬的骨骸，不久，又是廢墟。

而我猶在層層堆積中翻找，一點蛛絲馬跡，一片像月芽兒的指甲，發亮的是星星，是螢火蟲，是美麗礦石，是親吻時，浪撞擊著岸，往上激飛的一滴淚珠。

下雨，路濕，又蒸乾了。

蟲屍遍佈的公路上，通常村落過去後，就是墓園。

如果真有萬劫不復的一天，我會在這裡，天崩地裂，不離不棄。

清晨五點半成功鎮市街漸漸忙碌起來。主要幹道中山路，一邊通海，一邊連山，中華路與之交叉，北往花蓮，南往台東。

上路。走著走著，突然發現更靠海，就在岸邊的另一條公路，低迴於腳下。

莫非是舊的，十多年前走過的那條公路？

從嘉平五號橋的小徑下坡，忍不住激動的一路滑跑下去。

真的是，真的是，舊台十一線，以前就是這樣子，浪花就在腳邊，水氣可以撲上臉。

我抓著堤防，對著公路，對著大海，大聲呼叫：我回來了。

雖然只剩不到三公里的路徑，但十一號公路，你還在。

我回來了。

候車亭，記得我嗎？已經沒有公車會開進來了，你在等待什麼？

舊阿美族部落沒看見人影，人去了哪裡？

一條公路記載年輕，一條公路記載遠方。

一條公路通往故鄉，一條公路通往異地。

一條公路奔向文明，一條公路奔向蠻荒。
一條被海水濡濕，海風吹乾的公路，連接我的胸膛。

再向下挖，再向下挖，就會碰觸日夜不停永恆跳動的公路的心。
公路有情，有時選擇放棄自己，一遍遍讓自己柔腸寸斷，斷念彼此。
那時我該如何走？走成什麼？
走成植物，走成等待，世界在搖晃。
走成風，走成流浪，地球依舊自轉公轉。
走成日，走成月，宇宙還在膨脹。
我走不完的，就此停住吧，追不上了，那顆公路的心距離我僅有一吋，
我摸著，那是第幾層的地表，岩漿就要突破，路面開始震動。
我拚盡力氣，把最後一步，走向你。

這是關於一個人的公路囈語。

只說一次的愛，之後，就是了。

不管滄海桑田，世事多變。

看，那背影，決心一條公路走到底。

家園

漫長的花東海岸走完，原本想打道回府，看到大武這個只在漁業氣象播報方得聽見的地名，遂改變心意，繼續往南走。

過荒野加油站，十一號省道終點180.3公里，接九號省道，不久公路驟然上升，會把人意志擊垮的陡坡，只得龜速爬行，過後，即是太麻里，九號省道403公里。

遇兩組人，都是環島自行車隊，他們爬過陡坡後也不得不停下來喘息，氣力放盡也。與車隊交換資訊，他們從台北來，日行一百至一百五十公里不等，而我走路不超過三十公里。他們開始替我煩惱，說此去的路況不佳，而且住家稀少，可能連水都難買。我忙說沒問題，要他們不必擔心。其實我心裡想，島上哪能有個地方有個荒煙不聞人跡，豈不樂哉。

再上路，過金崙之後，我就明白自己是太過浪漫太過樂觀了。他們沒說錯，即使與花東海岸路段相比，這段路上坡下坡更多，而且路之外就是海跟山壁，連一點小小的腹地都沒有。走花東再荒涼，也會有個小店，而這裡連候車亭都沒有，更別說住家了。

最多是瓊麻海棗挺立山崖，海風陪伴，浪追逐著浪。

沒想到島嶼這樣小，竟有如此偏僻之地，像是被所有人遺忘。我攤開地圖看仔細，的確，不管從北邊或從南邊來都不方便，加上沒有腹地，不適耕種，這地方就更疏遠了。

走不完，一個彎過一個彎，風景相似，如在原地踏步。

黃昏，離大武還有十多公里，招手搭便車，二十分鐘後才有一輛載餿水的中型貨卡停下。運將大哥遞過來檳榔，問我是不是瘋了，他說每天從屏東開車南迴公路到台東載餿水，還沒看過人用走的。他勸我不要停在大武，直接到楓港去比較方便。我謝謝他的好意，還是下了車。

大武連接尚武，兩個小小的漁村在島嶼東南角落，街道冷清，幾無行人。誰會想來這裡？我自己都才是第二次來到此處，第一次甚至連腳也沒落地，只開車呼嘯而過。

找到度夜的旅店，給漁工住的，一如街道清冷的賓館內，只有我一個房客。櫃台招呼的是越南新娘，已能說國台語，字字清爽。她嫁到台灣，生了孩子，守著丈夫，守著營生，我問過得習慣嗎？她回我笑容燦爛。

那樣肯於滿足的人生，是一種幸福吧，要不在島上，哪個人屈身在這荒僻之地（連第四台都沒有，三台還模糊不清），不說悶不叫苦，那才奇怪。

旅店橫過大路就是漁港，夜黑了，我在那裡看漁民們整理網罟，閒話家常。

港區內水波平靜，但我內心思緒洶湧，我想著這樣的地，幸好有這樣善良的人民（特別是遙遠渡海來台的外籍新娘），終其一生他們默默固守著我們共同的家園，那即是最偉大的平凡。

比任何，比任何叫得出名號的人物，他們才是真正的力量。

〔走路札記〕

・該怎麼描述此刻的心情，明明是在島內，卻覺得陌生，彷彿是在異地。對這個島嶼的認識實在太少了，不如一個「外國人」。

・此地竟有連鎖超商，可能專賣給過往行車。便把超商當Pub，漫漫長夜度過。

・清晨離開旅店，往南然後爬山走南迴。靜寂的山路，靜寂的世界。經達仁，九號省道四四三公里。續走，滿身大汗，來到壽畔，已是被遺棄的村落，破屋廢墟，無有人跡。不能再走。

月亮記得

夏天走完花東海岸加南迴公路達仁到壽畊，九月中旬又再次啟程，預計走二號省道，淡水到南方澳。決定走二號省道，並不是特意要完成繞島的走路模式，只是依循直覺，想走就走。我內心清楚，這將是整個行程最後一段，日後我雖還會走路，但不會是這般長距離的走。

看著地圖，南方澳的地名浮上來，心被觸動，像某種內在的召喚。為什麼是在南方澳結束？我也不知道。是後來，才全明白了。

清早搭捷運抵淡水，二乙省道17公里處起步。先逛清水街市場，行囊存放些許人味後，接中山北路再接上二號省道，往三芝石門的方向走。天氣悶熱，陽光下一片白燦燦的景觀，像要把城鎮道路與人蒸發掉。

三芝海濱新建許多咖啡館，看來都滿有個性的，沒有逗留，繼續走，道路的彼端就出現了海，世界也立即安靜下來。

北海岸一帶，開發得欣欣向榮，但廢墟也不少。嶄新光亮的大樓過後，是成排荒廢已無人煙的屋宇。漂亮整齊的觀光景點過後，是被遺棄的遊樂園。其他，破落的廠房，破敗的旅館，碎散的蔓草荒地，不時夾在視野之間。

面對這樣的場景轉換，我總有個錯覺，以為世界有兩個，不然怎麼轉個彎，或是蹲坐一棵樹下，風景就全變了。

島上所有的景物似乎都是一次性的，這次走過相遇，下次說不定就不見了。新生那樣快，死亡就更迅速。所以有時我會幻想背後的風景，走過以後，就會靜止凝住，不再變化，不再遺失。或許那樣瞬息萬變的事物的狀態，都會保存在時間中，或許以光速回頭還找得到曾經有過的感動，然目前是不可能的，而世界也只有一個，就是眼前這個，不管虛擬或創造，真真實實虛虛假假都只有唯一一個。

因此我明白自己為什麼要在陽光下熱切的記述每一步，每一個文字，每一個世界，不是為成就什麼，就只為珍惜這一次，只一次的遭遇。

繼續走，不知不覺中，天光漸隱，月亮悄悄跟隨在後，海仍在左。夜裡的海變得溫柔，只浪濤拍岸聲迴響千古。

這海多久以後會興起市鎮，市鎮燈火繁榮，那時我將在何處走路，月亮記得。

繼續走，我跟我的影子。

與風。

〔走路札記〕

・越來越懷疑，走路，不是去記憶或敘述這個島嶼所發生的，而是忘掉。每當思索關於這土地的昨日與未來，總覺得像一場夢，清晨醒來，明明才發生，卻無論如何追憶和探索，仍無法理清脈絡。雖然那樣清晰的風景就在眼前，卻破碎到無法成形。這是這個島的特質嗎？還沒完成一個夢，下一個夢卻銜接上，永遠永遠在夢中。

・用另一個世界，已經消失的或者只存在心靈的，去描繪這個眼睛此刻所見的世界，有時會更清楚，大部分時間卻更模糊。因為世界已經趨往複雜化，一個風景疊上一個風景，一段歷史牽纏一段歷史，像出生死亡那般緊密結合，人在其中想要標示什麼，心想留下記號可供辨認，然而再回頭尋找，早已被更複雜的風景取代蓋過，連自己也都僅剩模糊臉孔，只依稀四肢五官是個人。一旦開始，就是結束了。而世界也可以趨向單純化。不是美化，不是醜化，不是形而上化，不是形而下化。單純化。

・月那麼亮，那麼鮮活。

幸福的生活

清晨五點啟程，淡灰色的海，淡灰色的天空。不遠處的海灘上點著火把，走近看，少男少女們橫躺在礫石岸邊，像靜止的漂流木擱淺。未見帳棚，應該不是野營，可能夜遊，玩累了，就天為廬地為家。不知他們聽了一夜的海，會聽到什麼？一個女孩醒來，看見走在路上的我，坐起身，怔忡的眼睛迷濛的跟隨著我的移動，她將會以為這是夢吧，而夢已經隨海浪漂流到很遠很遠的地方。

漂流。總是漂流。她看我如是，我看她亦如此。他人之眼，照見身世。

太陽即將露出，雲朵豔麗，人車還未啟動的道路，寧靜如畫。經富貴角，島嶼的最北端，我與時間競走，金色陽光一吋吋爬升照耀山巒，再看見海時，整顆紅球已完全浮出於水面上。

過石門，過龍華，過十八王公廟，過核電廠。公路起伏從海裡上升延伸到無限遠方的天空，壓低帽沿，眼睛平視，嘴巴緊閉，雙腳不停地跨出，蜿蜒的海岸再走，還是蜿蜒的海岸。

停在草里（舊稱阿里荖）路邊的小雜貨店，晶亮的海刺人眼花。婦人切著檳榔，我問她這裡有人買呀，她說加減賺一些零用。要不整日面對海，左看是海，右看也是海，手腳若放清閒，不悶死才怪。

是啊，住城裡的說城市悶，住鄉下的說農村悶，住海邊的說大海悶。不過話說回來，若城裡人住鄉下，頭兩天還覺得恬淡清新，再久恐怕就覺無聊。而鄉下人來城市，一定感覺光鮮新潮，再久同樣只覺喧鬧。幸福生活不易，偶有得之，不在他方何處，而在眼前日常。

繼續走。一天就在風聲與浪聲中，過了。

黃昏時抵達濱海小村鎮，萬里。夕陽已被山頭遮住，蔚藍的海與天空更顯溫柔寧靜，我的目光搜索著能過夜的落腳處。經過一天折磨的雙腳再抬不起自己的重量，在沙灘上坐下來休息時，得用雙手把腳挪移到舒服放鬆的位置。此時對於一間旅館的渴望，已經變成對一個家的渴望。不是有游泳池的觀光飯店，也不是有夜吧早餐吧的星級旅館，家不會有這些，家只要有一張床，被窩睡出人形的溫暖即是。

離開海灘往村鎮走，沒幾步，「美滿賓館」淡紫紅色的指標出現，是它了，我相信直覺，逕往招牌的方向走。賓館既刺眼卻和諧地雜在民居當中，我沿著暗紅地毯與黯淡燈光爬上二樓，尋找登記櫃台。狹窄的甬道，明星花露水的氣味，隔著薄薄木門傳出來房間的電視聲音，這是一家在地旅館。

原來我走的是後門，櫃台服務人員說，從前門上來就不必經過長長的走道。他問我一個人？我說是，下公路沿著出海口河岸走來的，覺得很有情調的村鎮，想在此處過夜。他點點頭，說的確是很棒的地方，空氣有著甜甜的味道。

他姓陳，說母親早年在台北從事旅館業，民國五十三年回來開了這家萬里街上唯一的賓館，已經四十年。原本他也是離家在各地城市跑，近幾年在大陸做生意，有次回鄉，覺得小鎮的安靜與甜美，再不想離開。賓館重新裝潢不久，果然老舊的外表，房間裡卻是乾淨整齊，不同於一般印象中的鄉鎮在地旅館，總是陰冷、幽黯，夾陳些許色情的色調和氣氛。

放下行囊，打開窗，一陣清涼的海風便吹了進來，令人恍神。我即刻成為小鎮的一分子，窗外是市井生活的樣態，兒童嘻笑奔跑而過，聽見他們笑，我也跟著笑了起來。這恆是對旅者的恩寵，小鎮沒把來人當異鄉客，親密地把我擁入她的懷中。抑或，她知我是異鄉客，擁得更深更緊了。

一夜月光，一夜好眠。

清晨五點（像昨天的清晨五點，也像明日的清晨五點）我離開美滿賓館，才上路，便看見街角圍聚著村人，耳邊傳來魚販的吆喝聲。是剛進港的漁獲，剝皮、白帶，一簍一簍裝滿，我走入人群，那充滿幸福的生活，就一路蔓延開來。

〔走路札記〕

・在金山過午，金包里舊街見許多老者，那神情不知是澹然還是迷茫的守在屋簷下張望。

・整個時間以快速無情的手法改變這塊土地的形貌，所有的裂縫中都有人呼喊著。裂縫，裂縫，無數的裂縫在我行經之路。日子就是這樣那樣的，喊得再大聲也沒用。作為走路的結尾，這條路突然變得漫長難行，心中想尋找的詩似乎也離得越來越遠，到底該如何描繪縫補這個島嶼那已經傾頹的一切，傷害的一切，對立的一切，我是越來越沒有把握了。

・白沙灣到金山，25641步。

這海多久以後會興起市鎮，市鎮燈火繁榮，那時我將在何處走路，月亮記得。

繼續走，我跟我的影子。

與風。

開放的港灣

基隆是個汽車機車難以行進的山城，路小，單行道又多。對外地人還有另外難題，巷弄曲折不說，最難的是上坡下坡，這一上坡不知通往何處，下坡後又找不到出路可走。真要弄清這城市，無法憑直覺，它才不讓人一眼看透呢，而這也正是基隆吸引人的地方。

甚至用走路的速度都還太快，最好是有辦法慢動作播放，一格一格看清楚，或者乾脆人靜止下來，那樣才有可能體會它一點點的風吹草動。

先天地理環境所形塑，是侷限，但何嘗沒有另外的機會，基隆可是通往大海的。雖然島嶼處處面海，但在基隆看見的海，氣魄特別的大。按理說，東部開闊的太平洋面視野無限，最為浩瀚，但那樣茫茫巨大，空間中單只有海一事物，而無其他作為參差對照的影像，視覺缺少刺激，海就變得凝住深遠，無法知其大。

基隆的海不同。先看到港口的大船（軍艦商船郵輪無一不大，第一次看見的，總會在心中驚呼，哇，原來這麼大），人站在這些船上頭，視覺比例似玩具兵還要小。等大船開出港行經外海基隆嶼，與其對照，原本的大船瞬間成為模型尺寸不如。再把視野拉大，小小基隆嶼浮在洋面波濤上不過是塊岩礁，似乎一個浪頭就能傾蓋。如此，就知海多大了。

沒有腹地，就面向海洋，學習海洋，這是我所認識的基隆人，沒有一個小鼻子小眼睛的。

我繼續走，過海洋大學，過碧砂漁港。

東北角這一帶以前常到，不過大都在晚上，夜釣也。所獲不多，往往只釣到地球（釣組卡在海底，拉也拉不動），算是滿載而來（小冰箱放滿冰塊誘餌魚餌），空著釣竿而歸。後來不全為魚，反倒是為了與深夜海天面對的寂靜和充滿而來。我曾與流星雨不期而遇感動得全身顫慄，遠眺黑夜山巒裡的九份燈火陶醉於歲月靜好（後來知道那是友人的星星小鎮），我總是空虛著心來，滿足的心回去。

有一回遭遇，記憶難忘。那是鼻頭角龍洞之間半夜兩點，釣著釣著，黑漆漆距離岸邊二、三十公尺的海面，突然划來一艘排筏，差點沒嚇個半死，以為幽靈船出沒。只見小小的危舟竟擠了十餘人在海裡載浮載沉，接著他們一個接一個撲通撲通跳下水，在洶湧浪濤中拚命游向岸邊。

隔天，濱海公路上警察盤查的路哨增多，原來是抓大陸來的偷渡客。

之後我總會想到那個夜，不知那群跳海的人是否就是偷渡客？而有多少人是還來不及被抓，就先給海抓走了。那樣從海中伸出一隻渴望摸到岸邊的手，還沒成為富庶島嶼內部不肖商人日夜壓榨操勞的黑工，還沒成為黑道把持官員相護的民主島上人肉交易販售，甚至還沒摸到一絲絲自由的空氣，就滅頂了。

呼吸自由空氣已經習慣的人，可以體會窒息的感覺嗎？這是人，不是意識形態的鬥爭呀。拯救一個人，即使他是罪犯（僅僅是為了生活討一口飯吃），不就是拯救自己嗎？該被懲罰的不是在大海漂流的他，而是兩邊岸上高來高去唾液滿天飛的官呀。

小島不怕小，海可以讓它變大，如果港灣夠開闊。但海也可以把小島圍困，若是所有的港灣都封閉起來。而若是面對大島，為保自由為保民主，更不用擔心，槍砲再多，敵不過開放的胸襟，這是小島人們必須擁有的自信。

面對著海，東北角的海，我繼續走，希望走向海闊天空。

〔**走路札記**〕

・下午2:30，天氣轉陰天，偶爾幾滴雨降落，把道路與空氣潤出迷濛的味道。很舒服。坐在草坡上，面對大海。

・二號省道濱海公路，工人們攀高懸吊補強山壁，海邊婦人採集著海菜，每一塊延伸入海的礁岩上都有一名釣客的身影。

・下午5:40，突然下大雨，往回奔，跳過護欄，躲進海濱的涼亭。6:20，已經夜了，公路沒有路燈，走來黑漆漆。

飛鴿與浪狗

最先是黃昏在二號省道82.5公里鼻頭角附近，遇見放鴿人。他從蘆洲來，開車一個多小時，帶著四隻鴿子，準備放飛。

打開鴿籠瞬間，四隻鴿子撲拍翅膀，迅速地向上飛升。鴿子主人眼睛盯著天空，說牠們會先飛高在空中盤旋幾圈，找氣流，找方向，而後鎖定目標毫無猶豫的往家的方向飛去。

「這麼遠鴿子能找得到家嗎？」我對賽鴿不懂。

他笑了笑，說這算很近，三十五分鐘牠們就會抵達蘆洲，比開車還要快。

「現在放，剛好飛回家吃晚飯，若是讓鴿子吃飽才放飛，牠們鐵定在空中玩耍夠了才會回家。」他說，又補了一句：「跟人一樣，吃飽了沒事，就——閒晃。」

初次與飛鴿相逢雖短暫，但我弄明白一件事，以前看到天空中的鴿子疾疾地朝著天際方向飛，不像在地鴿盤旋天空翱翔，原來牠們是在找家。

翌日上午，在香蘭又碰到三組放鴿人。他們從宜蘭來，各自帶著幾十隻的鴿子，不是一隻一隻放，而是一籠一籠放。他們說大賽就在這個星期，除了比賽前一日，天天都要放鴿訓練體能。

香蘭地處稍稍爬高的小坡，面對的海極為開闊，大晴天我坐在草坡上看鴿子翱翔青天藍海之間，就像放鴿人說的，心裡的鬱悶全部放飛了，彷彿是自己飛翔著。

放鴿人說，鴿子飛回宜蘭有兩條路線，一是沿著海岸，一是飛過山脈，果然我看見鴿子群各自選擇不同的路徑飛回。又說，其實不全為了比賽為了爭獎金，最大的滿足在於跟鴿子共同完成一段飛行，我看他對鴿子的感情很深；給鴿子吃補藥吃生長激素，他是不會做的。

比賽時常常是從外海放飛，有一次遭遇風暴，幾萬幾千隻鴿子全沒了，整個鴿會只有一隻鴿子回到家。有時鴿子生病，或是不明原因氣場磁場亂了，找不到方向，牠們往海上飛，太平洋那麼大，飛到飛不動了，就掉落海裡。

我聽他敘說，想像一隻拚命要飛回家的鴿子的信念，想像牠不斷衝高，眺望家的方向，放盡最後一口氣，然後翅膀再無力拍動，就這樣緩靜無聲地溺失於大海中。

那是怎樣的心情，有時高山阻擋，有時網罟捕捉，回家的路總是如此曲折。

而浪狗更是，牠沒有翅膀，只能一步一步尋找回家的路。

起初我以為這隻浪狗是家犬或在地的野犬挑釁，追過來想吠想咬人，可牠從後方趕上，全然失去嬉玩的心性，甚至頭回也沒回，懶得理我，直往前去。

是一隻倉皇迷失的浪狗。

我沒看過狗如此行進的方式，不是跑步，也不是走路，卻像馬碎步般的跳走，而身體又不平衡地踉蹌歪斜著，無法保持直線前進。

牠每跑三十公尺，便停個幾秒，聞聞路邊的電線桿或路樹，然後低頭繼續跑。

我猜牠已經跑了很久，從迷失那一刻起，牠就停不下腳步，一心一意只想趕快找到家。牠跑，跑了許多天，已經跑不動了，但撐著繼續跑，牠不想用走的，因為回家的心情是那樣的急切。

有一些被遺棄的狗，牠們自己不知被棄養，或者知道但仍痴心想回到主人的懷抱，牠們跑，牠們找，翻過這座山，跨越那大橋，牠們跑，跑到倒下的那一刻，跑到無能為力，牠們哀哀地跑，全為了尋回自己的家。

這隻在路上的狗能找到家嗎？牠的方向正確嗎？我想叫住牠，給牠一點食物，於是對著牠的背影大聲呼喚，狗嘿，牠沒理人，繼續向前跳走。我想追上牠，卻跑不動，就這樣追了一、兩公里，浪狗與我的距離越來越大，終致牠消失在公路的遠方。

悲傷，悲傷浪狗，讓我的心抽痛許久。

加油啊浪狗，回家的路遙遠且漫長。

有家的人啊，請給迷途的飛鴿與浪狗一條生路走吧。

〔**走路札記**〕

・經島嶼最東邊的陸地，三貂角卯澳一帶。海以一種幽靜卻懷著巨大能量的姿態在眼前開展。此時，雲漸散，日頭從天空落下的光影敷在山巒上，緩緩位移。海的美，天的美，山的美，結合在一起，那是無法形容巨大的美。

・小雜貨店開了三十多年，老夫妻拿著大賣場的特價宣傳單，用計算機算著到底賣多少錢，比對自己架上的貨品價格，面色憂愁。

・走往頭城的路上，途經大溪，進入漁港休息。真不敢相信自己眼前所見，雖然曾在電視畫面上看過大陸漁工的生活，但當目睹港內的他們，我悲傷得無法移動腳步。那是人過的嗎？人可以被這樣對待嗎？他們就住在港區海堤下的鐵皮屋內，堤外大海波濤洶湧。我們相距不到三十公尺，但甚至不能說上一句話，因為他們被隔離在港那岸，而我在另一岸。荒謬，荒謬，怕他們逃到這岸來，二十四小時高哨監控，層層關卡封鎖盤查。任誰認為自己過得不幸福或太幸福，可以來這裡看看，只要你觀察他們一個小時的生活，如果沒掉眼淚，那我認輸，我就承認你是勇敢的台灣人或偉大的中國人。何必搶著去當誰？那些靠意識形態吃飯的政客與政論家，出賣的不僅是良心而已，他們用來分割販售的是我們國民最珍貴的共同情感生活。來這裡看看，總統先生，立委諸公，來看看吧，主席先生，名嘴先生，來看看吧，看完告訴人們，你有沒有掉眼淚，那時我們才會知道你們到底能不能稱為一個民主自由的人。

・移動是為了生存，譬如覓食，譬如逃命。然後固著下來休息嬉戲，譬如洞穴，譬如家。島上各地我所遭遇，形形色色不同理由不同年代從他處而來的人們，有的家在這裡，有的家在那裡，有的家在很遠的他方，而有的人已經沒有了家。有的已經成為在地，有的仍不斷遷移，不斷尋找落腳。不管以何種形式居留（四百年來移民和外籍新娘都一樣），或者徒然僅僅流徙（外籍幫傭勞工漁工），每張臉，每雙手，每個腳步，共同形塑島嶼的心情。該寫十篇〈飛鴿與浪狗〉，關於牠們回家的路。

這是關於一個人的公路囈語。
只說一次的愛，之後，就是了。
不管滄海桑田，世事多變。
看，那背影，決心一條公路走到底。

跟我一起走

進頭城，夜色蒼茫，星月伴隨。

開蘭路一路向前，問人，竟沒有旅館，大家都到礁溪過夜。搭火車到羅東，睡醒，跨越火車站，接七丙省道，往冬山河公園方向繼續走。轉二戊省道，經五結鄉利澤村，想到今日是走路行程最後一天，有些依依不捨，停下腳步，對著路說感謝，也感謝每一個踏出此路的人。

我的亂走是該暫時畫下句點了，無論是身體或心理，空虛和飽滿輪流更替的狀態，煎熬有過，淬礪有過，眼淚有過，悲欣交集。看到了，聽到了。雖然一開始我並沒有想到會走那麼遠。

走路是什麼？儘管已經走許多次許多天，我仍無法說清楚，僅有的回答，走路就是走跟路而已。真的如此簡單，雙腳不斷地跨出，路也就不斷地增生。疑似無路，轉個彎又一路，一路接一路，四方連通，寰墟貫穿，路是大地的血脈。所有連結而成的條條脈動，有些人跡罕至，有些車水馬龍，更有的坦蕩蕩要人去走，有的湮沒於荒草枯枝下要人去尋。

每一個腳步都是對路的讚美與探索，每當我走，路那樣安安靜靜地躺伏於原野，山林，海濱，走著走著，好像路自己動起來，往前延伸，往後滑行。不斷拉長，交會，分歧，路會通往哪裡？或許不是有形的目的地，而是抵達未知的心靈邊緣，就像我曾依靠它走過時間的穿廊，連結空間的節點，路把碎散紛亂的風景交織縫補成形，讓人得以確立方位座標，不致迷失。

我看著路，滿懷感激。

至於有關沿途所記述的人事和回憶，地圖上雖然無法標示，但如今我明白，只要上路，一切仍在那裡。路不曾忘記人，只有人遺棄路，它永遠等待著滴答滴答的腳步聲。而幾次提到想寫的詩，在經過連串的行途後，快樂兼具悲傷的島嶼時時刻刻縈繞著我的左胸口，海潮，日升日落，月亮的光暈，夜的嘆息，作物生長，農人的背影，眼神交換，握手溫暖，這土地上所有的一切在我夢裡的確纏綿成詩，且烙印出字字句句。這也是走路伴隨而來的。

我看著路，繼續走。

還不到中午已接近南方澳。就這樣結束了嗎？為什麼路會把我帶到這裡而不是那裡？小漁村今天看來有點不尋常，人潮洶湧。按理，即使假日遊客多，也不至於車流如此，還勞動警察們指揮交通。

繼續往漁港的方向走，接著我被震動了，驚訝地呆立路旁。

我看見橫跨街路兩邊高懸著紅布，上頭斗大的字寫著「媽祖文化節——媽祖巡航馬祖祈福兩岸和平」。不可能的，我在心中大喊，怎麼會有這樣的因緣？是何種力量的驅使安排，讓我今日走到這裡，如此圓滿的結尾。

不能不說巧，事實上從雲林得到媽祖的平安袋後，我一直將它綁掛在背包，那時在心中跟媽祖說，要一路帶祂在島嶼四處走走，沒想到最後祂竟把我帶到此地。這樣敘述跟媽祖遭遇，並不是相信或不信，我是沒有特別崇拜什麼神靈的，也不想附會這樣的巧合。最主要是祂所顯現的形象，祂的善美就是我見過許多島嶼人們善美形象的表徵，讓人孺慕敬佩。若是沒有這樣的人群，這個島將沉淪到什麼樣的境地呢？況且經過長路漫漫身心俱疲的我的確被充滿，被冥冥蒼天，被無可名狀的未知感動了。

今日是整個節慶活動最後一天，媽祖巡行海上正好回到港區，掀起高潮。漁船上掛滿彩帶，蜂炮鑼鼓聲喧天，我擠入人群，加入歡呼的行列。

是媽祖，雖然此刻祂靜靜坐於鑾殿中，但我知道祂明白，明白我之走路，而且一路相隨，照顧平安。原來我不是那麼孤單的。

我打電話回家，說終於走完了，才說到媽祖如何悲憫人世，說著說著便哽咽，然後在街邊不可抑遏地哭了起來。

啊。

就轉身說再見。

我們還會再見嗎？在路上，在同一條路上，在分歧的路上，我們，如果我們，有幸在路上相遇，你不認得我，我也不知你，如果真有那麼一天我們在陌生的路上遇見，分一杯水吧，這個人，那個人。

謝謝你跟我一起走。

〔**走路札記**〕

・祭拜過後，人群漸散，把背包放到供桌上，讓西螺福興宮和南方澳南天宮的媽祖姊妹相會。祂們許久沒見面，應該可以聊聊各自在海上與陸地上所看見的。或許祂們會說起這些年來事情可真多，那裡有人生病，那裡有人受苦，那裡有人挨餓，根本來不及解救，快忙死了。可人們還是繼續製造事端，繼續爭吵，沒完沒了。北邊的人互相扭打，南邊的人彼此看不順眼，西方的忙著殺人，東方的幸災樂禍，連神都解決不了人的問題。

人們不是都來朝聖都來抬轎嗎？他們不也都曾跪拜懺悔，來到跟前上過香，這些人怎會如此表裡不一，嘴巴說善，心中藏惡？人啊人，連神都能欺，連神都可利用，這可怎麼辨呀？

・路的沉思。時間即金錢——這是對時間最大的侮辱，只有在一個僅剩功利的社會才會有這樣的文字連結。時間那麼美，那麼古老，那麼無利害，怎麼會是金錢呢？真相是，速度即金錢。看我們的道路，中間一定讓給速度最快的交通工具，人行道則在最邊緣。每個可以更快的人都走中間的快車道，還禁止機車行人，甚至烏龜車，這樣一來快的永遠更快，慢的就得忍受路旁堆滿的障礙物，連快車道想休息的車也停放在路邊，阻擋慢速前進的人。應該把路的中間讓給速度最慢的人，反正快的已經夠快了，不是嗎？我們的社群欣賞快，快的得到獎賞。腦筋動得快的商人賺大錢，仿冒也得快，免得商品不流行了。說話快的人，利言鋒芒，辯才無礙，前途光明，管他說真說假，能把死說成活，黑說成白，是非一點也不值錢。

這算是一種能力？算是吧。只是我走過大路，走過小路，在城市街巷，在鄉村小道，每一條路的終點都住著一位速度很慢的老人或小孩，每一個連結都是我們心愛的迷戀，那麼把路讓給他們吧。

・對於路，我的腳力有限，走過一千公里仍只是一小步。一個人究竟能走多遠？即使當一名流浪的走路客，天天走五十公里，二十年不間斷，也不過才三十六萬五千公里。而路，如此漫長遙遠。我在走路中漸漸看清楚自己，也慢慢體會我們的社群已經盲目地奔往文明的陷阱，即表面上不斷地進步，卻是用毀滅的方法來取得。我也認知我所走的並不是實際的路，有一條無形的道路，所及幅員更加的廣闊，從遙遠以來即有人持續地走著，一棒接一棒。

・羅東到南方澳，27902步。

24927361-2

國家圖書館預行編目資料

跟我一起走／蔡逸君作. -- 初版. -- 臺北市
: 寶瓶文化, 2006[民95]
面； 公分. --(island；64)

ISBN 986-7282-45-0(平裝)

855 95003987

island 064

跟我一起走

作者／蔡逸君

發行人／張寶琴
社長兼總編輯／朱亞君
主編／張純玲
編輯／夏君佩
外文主編／簡伊玲
美術設計／林慧雯
校對／夏君佩・陳佩伶・余素維・蔡逸君
企劃主任／蘇靜玲
業務經理／盧金城
財務主任／趙玉雯
業務助理／蘇大偉
出版者／寶瓶文化事業有限公司
地址／台北市110信義區基隆路一段180號8樓
電話／(02)27463955 傳真／(02)27495072
E-mail／aquarius@udngroup.com
郵政劃撥／19446403 寶瓶文化事業有限公司
印刷廠／世和印製企業有限公司
總經銷／聯經出版事業公司
地址／台北縣汐止市大同路一段367號三樓 電話／(02)26422629

法律顧問／理律法律事務所陳長文律師、蔣大中律師
如有破損或裝訂錯誤，請寄回本公司更換
著作完成日期／二〇〇六年二月六日
初版一刷日期／二〇〇六年四月
初版二刷日期／二〇〇六年四月六日
ISBN／986-7282-45-0
定價／二四〇元

愛書人卡

感謝您熱心的為我們填寫，
對您的意見，我們會認真的加以參考，
希望寶瓶文化推出的每一本書，都能得到您的肯定與永遠的支持。

系列：1064　　書名：跟我一起走

1.姓名：＿＿＿＿＿＿＿　性別：□男　□女

2.生日：＿＿年＿＿月＿＿日

3.教育程度：□大學以上　□大學　□專科　□高中、高職　□高中職以下

4.職業：＿＿＿＿＿＿＿

5.聯絡地址：＿＿＿＿＿＿＿＿＿＿＿＿＿＿＿＿＿＿＿＿

聯絡電話：（日）＿＿＿＿＿＿＿（夜）＿＿＿＿＿＿＿

（手機）＿＿＿＿＿＿＿

6.E-mail信箱：＿＿＿＿＿＿＿＿＿＿＿＿＿＿

7.購買日期：＿年＿月＿日

8.您得知本書的管道：□報紙／雜誌　□電視／電台　□親友介紹　□逛書店　□網路
□傳單／海報　□廣告　□其他

9.您在哪裡買到本書：□書店，店名＿＿＿＿＿　□劃撥　□現場活動　□贈書
□網路購書，網站名稱：＿＿＿＿＿＿　□其他＿＿＿＿＿

10.對本書的建議：（請填代號　1.滿意　2.尚可　3.再改進，請提供意見）

內容：＿＿＿＿＿＿＿＿＿＿＿

封面：＿＿＿＿＿＿＿＿＿＿＿

編排：＿＿＿＿＿＿＿＿＿＿＿

其他：＿＿＿＿＿＿＿＿＿＿＿

綜合意見：＿＿＿＿＿＿＿＿＿＿＿＿＿＿＿＿＿＿＿＿＿

11.希望我們未來出版哪一類的書籍：＿＿＿＿＿＿＿＿＿＿＿

讓文字與書寫的聲音大鳴大放

寶瓶文化事業有限公司

（請沿此虛線剪下）

廣　告　回　函
北區郵政管理局登記證北台字15345號
免貼郵票

寶瓶文化事業有限公司　收

110 台北市信義區基隆路一段180號8樓

8F,180 KEELUNG RD.,SEC.1,

TAIPEI.(110)TAIWAN R.O.C.

（請沿虛線對折後寄回，謝謝）